×高田貴佳
×ヨランダ
×クラ・ウディア

×CHARACTER×
×金谷千尋
×アラマキさん

× CONTENTS ×

監禁王

❺

マサイ

第二十二章　白鳥《しらとり》早紀《さき》は期待している。

笑顔の価値

「あん……ふーみん、好きぃ……大好きぃ……」

唇を離すと、藤原《ふじわら》さんはとろんとした目で僕のことを見つめてくる。

学校からの帰り道。彼女の屋敷にほど近い路地裏でのこと。

ちゃんと恋人同士になって以来、僕は学校帰りには、彼女を家まで送るようになっていた。

彼女が望んだということもあるが、今はそうすべき理由もある。

実は照屋杏奈《てるやあんな》が、拘留されていた留置所から忽然《こつぜん》と姿を消したのだ。

あまりの異常な出来事に、涼子《りょうこ》は僕が監禁したに違いないとそう思ったらしいのだけれど、誓って僕は何も手を下してはいない。

脱走した照屋杏奈が手を出しかねない人物を想定すれば、やはり真っ先に思い浮かぶのは藤原さんだ。警戒するに越したことはない。

「ねぇ、ふーみん、あーしのこと好き？　愛してる？」

「もちろん」

「ちゃんと、愛してるって言って！」

「愛してるよ、舞《まい》」

恐ろしいほどのバカップルぶりではあるけれど、恋人らしいことをしよう。普通の恋愛のステップを踏んでいこう。そう言った手前、邪険にするわけにもいかない。

（……まあ、イヤってわけじゃないけれど）

夕暮れ時の薄暗い路地裏で抱き合いながら、僕らは何度も何度も互いの唇を貪りあう。

舌を絡め合い、互いの唾液を啜りあっている内に、彼女の身体を抱きしめる手に力が籠もって、股間に血が集まっていく感覚がある。

そして僕は、暴走しそうになる欲望をぐっと抑え付けて、あと一歩というその切なさに身を焦がすのだ。

寵姫たちを抱く時とは、また違うドキドキ。

恋のプロセスとでもいうのだろうか。僕は今、それを楽しんでいた。

「じゃ、そろそろ……行こうか」

「えー！　まだ帰りたくないよぉ、ずっとイチャイチャしてたいよぉ……」

「昼間っからずっと、くっついてたじゃん」

実際、藤原さんは授業中もべったりとくっついてくる。最初の内は注意していた先生たちも、最近では見て見ぬフリをするようになったぐらいだ。

「むぅ……ふーみんは、あーしとイチャイチャしたくないの？」

「そりゃまあ、したくないといえば嘘になるけどね」

「ぶー、言い方が素直じゃない。あーあ、早くふーみんと結婚しちゃいたいなー。そしたらさ、秒も離れないのに……」

「あはは……」

僕は笑ってごまかす。彼女の中ではもう、僕との結婚は確定事項になっているらしかった。

「そうそう、お義父《とう》さんがさ。ふーみんに会いたいって言ってんだけど」

「あはは……」

それもまた、僕は笑ってごまかした。

だが、その翌日。土曜日の朝のことである。

両親が真剣な顔でこう言ってきたのだ。

「今日、舞さんの家に行くように」

「はぁ!?　なんで？」

「社長命令でな」

父親が言うには昨日、社長室に呼びだされ、息子を藤原家に向かわせろという指示を受けたのだそうだ。

取引先企業からの圧力。さもなければ全取り引きを停止すると。

×××

「白鳥ぃ……もうちょい愛想よう出来へんのかいな」

「愛想良くして、何の得があるの？」

婆ちゃんちを訪ねた帰り道。

ウチ――島夏美《しまなつみ》にとっては婆ちゃん、白鳥にとってはひい婆ちゃんに、ちっとも顔を見せようとしない白鳥を連れて来いと言われて、仕方なく引き摺って行ったのだ。

だが、白鳥は婆ちゃん相手でも相変わらず。ニコリともせずに、話しかけられても「別に」を連発。不愛想にもほどがある態度を見せた。

(婆ちゃん自身は、顔を見れただけで満足そうやったから、まあええけど……。それに、こっちに来た最初の方に比べたら、大分人間らしゅうなったしな)

そんなことを考えながら、大きなお屋敷の長い長い生け垣の前を歩いていると、電柱の陰に隠れて、お屋敷の門の方を眺めている不審者の姿が目に留まる。

その不審者は、実に残念なことに見覚えのある人物だった。

「なーしとんねん、木島《きじま》」

「ぴゃっ!?」

そこに居たのは、木島文雄《きじまふみお》。

冴えない見た目とは裏腹に、多くの女を監禁し、隷属させる大悪人。監禁王その人である。

背後から声を掛けると、彼はアメリカのカートゥンアニメみたいに飛び上がった。

「な、なんだ……島さんか。驚かさないでよ、もう」

(……悪人の癖にビビりすぎやろ)

「なんや?　ストーキングの最中か?」

「人聞き悪いな!?」

(なにいうてんねん。ストーキング以上のことしまくっとる癖に)

ウチは、思わずジト目を木島に向ける。

「せやないんやったら、何をコソコソしとんねんな」

「うぅ……実は」

木島の話の内容は、ドン引きするぐらい斜め上だった。

「アンタを呼ぶために、親の会社を人質にとったってことやんな、それ？　おっとろし、流石藤原グループっちゅうかなんちゅうか。ホンマ、何やらかしたんや、アンタ？」

「わかんないってば……たぶん、藤原さんとの結婚を迫られるか、別れろって強制されるかの、どっちかだとは思うんだけど」

「なるほどなー……」

ウチは考える。

初ちゃんを応援するウチとしては、ここで別れて貰える方がええような気もするけれど、まかり間違って結婚するなんて話になったら、初ちゃんはまた幼児退行して泣きじゃくることだろう。それは勘弁してほしい。

ウチは、木島にそっと耳打ちする。

「いざとなったら監禁してまうんやろ？　親ごと」

「そりゃまあ……最悪はね。でも、それじゃあ藤原さんと積み上げてきたものがダメになる可能性が高いから……」

「はぁ……なあ、白鳥。どうにかできへんか？」

「その前に聞くけど、藤原さんって、藤原舞って人？　その人の彼女？」

「ん、ああ、まあ、そうやけど？」

「ふーん……」

白鳥は不審人物を観察するような目で、木島を眺め始める。

すると、木島がクイクイとウチのTシャツの裾を引っ張った。

「あの、島さん、この人は？」

「あれ？　会ったことなかったっけ？　白鳥、陸上部の二年や」

すると、木島は何か思い当たったような顔をした。

「あ、ああ……なるほど」

(まあ、ウチの姪であることは、わざわざ言わんでもええやろ。説明面倒やし)

そして、白鳥はウチの方へ顔を向けると、小さく頷く。

「……いいよ。ついていってあげる」

「そうか！　ほな、よろしう」

「ちょ、ちょっと、島さん！　全然話が見えないんだけど!?」

ウチは、戸惑う木島にヒラヒラと手を振って、独りで先に帰ることにした。

×××

何とも妙なことになった。

恋人の家を訪ねるのに、付き添いは初対面の女の子。しかも、恐ろしく無愛想な子である。

（島さん、いったいなに考えてんだよ……）

「行くんでしょ？　ほら」

「あ、ああ」

白鳥さんに促され、僕は門に歩み寄って呼び鈴を鳴らす。

すると、三十代そこそこのスーツ姿の男性が出てきた。

「木島さまでございますね。旦那様がお待ちでございます。そちらの方は？」

「えーと……付き添いです」

「左様でございますか。それでは、どうぞこちらへ」

その男性に先導されて、僕らは屋敷の中へと足を踏み入れる。

通されたのは、日本庭園の見える広い和室。

あまりにも畏《かしこ》まった雰囲気に、僕としては緊張せざるを得ない。

だが、ちらりと盗み見ても、白鳥さんの表情には何の変化も無かった。

しばらくすると、藤原さんの両親らしき男女が部屋の中へと入ってくる。

父親の方は五十代のたぶん後半ぐらい。後ろに撫でつけた髪に和服姿、細身だが眼光鋭く威圧感がある。

母親の方は三十代の後半ぐらい。顔立ちは藤原さんとよく似ている。肩までで切りそろえた髪に、こちらも和装。若菜色の留め袖姿である。

座卓を挟んで僕らの向かいに腰を下ろすと、父親の方が僕を眺めて口を開いた。

「……舞は、ちょっと趣味が悪いのかもしれんな」

「あなた、失礼ですわよ」

まあ、それは否定できない事実なので何とも思わないが、母親の方が申しわけなさげに頭を下げる。

「すみませんねぇ……初めまして、藤原舞の母でございます」

「ご、ご丁寧にどうも。き、木島です。こっちは友人の白鳥さん、今日は付き添いで来てもらいました」

友人と口にした途端、白鳥さんがギロリと睨んできた。

(仕方ないじゃん……通りすがりなんて言うわけにもいかないんだし)

「あの……舞さんは?」

おずおずとそう問いかけると、父親の方が切り捨てるようにこう口にする。

「今日、キミを呼んだのは私だ。舞は関係ない。あの子には、私の使いとして出かけて貰っている」

藤原さんが関わっていないということに、ちょっとホッとした。

流石に、親の会社を人質に取るような彼女はイヤだ。

「早速だが……」

父親はそう前置きすると、懐《ふところ》から紙を取り出して、僕の方へと座卓の上を滑らせてきた。

「署名してもらおうか」

手に取って、僕は思わず硬直する。

誰がどう見ても、それは婚姻届だったからだ。

「しょ、署名って、これ……」

戸惑う僕を無視して、父親は滔滔と語り始める。

「新居は敷地内に用意するが、取り急ぎは舞の部屋で一緒に暮らすといい。大学に進学するのは構わないが、卒業後は私の後継者候補の一人として、グループ企業のどこかで修業を積んでもらうことになる」

「ちょ、ちょっと待ってくださいよ！」

「不満かね？」

「不満とかなんとかいう前に、話が前のめり過ぎるでしょ！」

「君が福田とかいう少女に陥れられてピンチに陥った時、私は裏から手を回して協力した。警察に拘留された時にもだ。そして、君を助けるかわりに、舞に条件を付けたのだよ、君を婿に迎えて私の後継者候補の一人とするとね」

「僕の同意もなしに!?」

「必要ない。そんなもの」

その物言いには、はっきり言ってムカついた。

僕が、自分の思い通りになると侮りきっているのだ。

「お断りします。僕は舞さんとお付き合いさせて貰っているのであって、あなたと親子になりたいわけじゃない！」

すると、彼は意外そうな顔をした。

「美しい娘を妻として、玉の輿に乗れるというのに、おかしなことをいうものだ。だが、まあよかろう」

あっさり引き下がる父親に、僕は思わず拍子抜けした。

だが、次の瞬間、彼は口元をいやらしく歪める。

「では、君を救うために掛かった金を返して貰おうか。具体的には四億ほどだが」

「なっ!?」

「こちらの申し出を受けるつもりもない。金も返せないということであれば、それ相応の報復を覚悟してもらうことになるがな」

(この狸親父……札束で人の頬を打つようなことを!)

僕は考える。お金を作る手段が無いわけではない。

リリには市場に混乱をもたらすことになるから、魔界産の宝石を売ることは禁じられているが、いざとなればやむを得ないだろう。

黙り込んでしまった僕に、父親は勝ち誇ったような顔で、こう言い放った。

「悪く思ってくれるな。娘が可愛い父親のちょっとした我が儘だよ、木島くん」

だが、次の瞬間、今まで一言も発しなかった白鳥さんが、相変わらずのムスッとした表情のままにこう言い放つ。

「四億をお支払いするだけで良いんですね?」

思わず顔を上げる僕。父親は首を傾げた。

「払えるのかね？　君に？」

「私は払いませんよ。ビタ一文。払う方法を彼に教えるだけです」

「ほう……どうする気だね？」

「長者番付の上から順番にアポイントを取って、お金を貸してくれるように頼みます」

僕は思わず呆れる。こんな学生に四億なんて大金を貸してくれる人間なんているわけがない。

だが、白鳥さんの口調には、一切揺るぎが無かった。

「四億稼ごうと考えるよりも、金持ち一人を口八丁で篭絡する方が楽だと思いませんか？」

そこで言葉を区切って、彼女は不遜にも藤原さんの父親に指を突きつけた。

「そして、あなたはこの方法を否定することはできませんよね。絶対に」

重苦しい沈黙。

僕は息を呑んで、父親の反応を待った。

怒り出すに違いない。そんな僕の想像とは裏腹に、父親は大口を開けて笑い始めたのだ。

「はははははっ！　おもしろい！　おもしろい子だ、君は！　どうだ、将来はウチに来ないかね！」

「お断りします。私は自分を売るなら、高く売りつけられる相手と決めてますので」

そう言って白鳥さんは、なぜかちらりと僕の方に目を向ける。

「それが彼だと？」

「さあ、どうでしょう」

「うむ、おもしろい！　実におもしろい！」

そう口にすると、父親は大声で笑いながら、部屋を出ていってしまった。

そして、僕は藤原さんの母親と二人、顔を見合わせて首を傾げる。

「えーと……どういうことでしょう?」

「わかりませんけれど、あんなに楽しそうなあの人を見たのは、久しぶりですわ」

×××

何がなんだかわからないままに、僕らは屋敷を後にした。

「あの……白鳥さん、ちょっと説明してもらってもいいかな。いったい何がどうなってんの?」

前を歩いている彼女は、振り返りもせずにこう答える。

「あのバカみたいなお金を作る方法は……あの父親——藤原正剛氏が、先代からの試練として五億のお金を用意しろと言われた時に、実際に彼がやったことだね」

「自分が実際に成果を上げた方法だから、否定できない……」

「そういうこと」

何でそんなことを知ってるんだとは思うけれど、正直彼女のお蔭で助かった。

「なんというか……その、ありがとう」

「礼をいうなら形にして返してほしいね。私は自分を売るなら、高く売りつけられる相手と決めてる。さっきそう言ったよね。監禁王さま」

僕は、思わず目を見開く。

「し、知ってたの？」

「寵姫の藤原舞さまって、監禁されてる間に何回聞かされたと思ってんのかな？　その彼氏だと言えば監禁王さま、本人しかありえないよね？」

「ははは……参ったね、こりゃ」

「従わなければ監禁される。言ってしまえば、今の私は首輪付きなわけだしね。それならご主人さまを私の望み通りの高みに押し上げる。そう考えるのが建設的だと思うのだけれど？」

「えーと……よくわかんないけど……それは、これからも僕の力になってくれるってことでいいのかな？」

「見方によっては……そうだね」

彼女は振り向きもせずにそう答える。本当に愛想が無い。

「それなら……もう少し愛想をよくしてくれると助かるんだけど？」

そこで、彼女は振り返った。

だが、表情は相変わらずムスッとしたままだ。

「私の笑顔は安くないんだよ。それが見たいというのなら、それ相応の報酬を用意してもらわないと」

✖ ブラックスワンEP

横開きの扉をガラガラと開けてローファーを脱ぎ棄てると、居間から夏美が顔を覗かせた。

「おーおかえり。白鳥、どうやった？」

「別に」

「別にて……ほんま、愛想ないやっちゃなぁ」

彼女がわざとらしい溜め息をつくのと同時に、居間の奥から別の女性の声が聞こえてくる。

「夏美っ！　アンタのツモや！　グズグズしいなや。いつまで経っても半荘《はんちゃん》終わらへんやろが！」

「わかっとるって。姉ちゃん、そんなわーわー言わんでもええやんか」

通り過ぎざまに居間の中をちらりと覗き見ると祖母、夏美、その三つ上の姉——夏織《かおり》。四つ上の兄——夏《なつ》樹《き》の四人で麻雀に興じていた。

高校入学と同時に私は東京の実家を離れ、母の実家である、この島家に居候している。

私の母、夏奈《かな》は七人兄弟の長女。夏美は末っ子。

お陰で歳は一つしか違わないのに、夏美と私は叔母と姪の関係である。

(本当に騒がしい家……)

七人兄弟とはいえ、現在この家に残っているのは、この四人と大工の棟梁で七十を超えても現場に出ている祖父だけ。とはいえ残りの兄弟が、それぞれ家族を引き連れてしょっちゅう帰省してくるのだから、この家は常に騒がしかった。

「ロン！」

「うわっ、母ちゃん！　そんな殺生な！」

「知らんて」

「はーい、夏美、夕食当番決定ね」

「はぁ……しゃーないなぁ、おーい！　白鳥、あんたも手伝え！」

「いやよ、負けたのはオバさんでしょ」

「オバさんいうな！」

夏美が喚く声を背中で聞きながら、私は階段を上って自室へと戻る。

嘗ては母と二番目、三番目の叔母が三人で使っていたという六畳間。祖父手作りの三段ベッドが、まるで映画で目にする強制収容所のような趣《おもむき》を醸し出している。

五時を過ぎても夏の陽はまだ高く、閉め切ったままの部屋は熱気が籠もって蒸し暑かった。額にじんわりと汗が滲む。私は窓を開けて空気を入れ換え、エアコンのスイッチを入れた。

暑いのは苦手なのだ。頭の回転が鈍る感覚が、とにかくいやなのだ。

階下からは、未だにワイワイと騒がしい声が響いている。夕食の献立について、夏美と夏織が対立しているらしい。

とはいえ、これはいつものこと。別に二人の仲が悪いわけではない。じゃれあっているだけ。

そもそも、この家の人間は距離感がおかしいのだ。なにせ放っておいてくれない。私が陸上部に籍を置いているのも、夏美に無理やり入部させられたからだ。

最近でこそ『そういうもの』として受け入れられるようになったが、ここへ預けられた当初は、この無遠慮な距離感にかなり戸惑った。

私は、三面モニターの鎮座するＰＣデスクの椅子を引き、静かに腰を下ろす。

「監禁王……か」

そして、今日出会ったばかりの男子のことを思い起こした。

「こんな田舎で、あんな面白いものに出会えるとはね」

一見する限り、ただの冴えない男子。普通。だが、普通過ぎるのだ。

私は、彼がいかに強大な力を所有しているかを知っている。たぶん、それも限られたごく一部なのだろうけれど。

だが、今日観察した範囲では、それほどの強大な力を所持しながら、それに溺れる気配は全くない。時折、言葉にうっすらと自信めいたものが混じることはあったが、それだけだ。

普通過ぎるのだ。それが異常なのだ。

今日だって、本当なら私が手出しする必要などなかった。

だが、隣で観察していてはっきりとわかったのだ。力を使ってねじ伏せるという選択肢が、彼の頭の中に全く存在しないことが。あの父親の発言に憤っていたにもかかわらずだ。

「本当に面白い」

自分の胸の内に生まれた、この感情に名を付けるとすれば『期待』。

(何が違うのかは、まだはっきりとはわからないけれど……)

私は、島家に預けられる切っ掛けとなった、あの出来事を思い起こす。

あの場にいた男たちと、監禁王との違いを数えながら。

×××

冬の大雨が激しく窓を叩いていた。

ザーッとラジオノイズのような雨音が世界を覆い、窓の外には陽の落ち切った暗い校庭。

遠くに見える街灯の下に、雨がピアノ線のような銀の軌跡を描いている。

吐く息は白い。

私は制服の上にダッフルコートを羽織ったまま教壇に腰かけ、ぶらぶらと足を投げ出しながら、教室の中を見回していた。

女の子の嗚咽と獣じみた男の子の呼吸音。引きちぎられたブラウスのボタン、捲れあがったスカート。

乱れた机と椅子の間、固い床の上には、三組の男女が絡み合っていた。

「さ、早紀ちゃん……た、助けて……」

懇願するような目を向けてくる女の子。

(名前、何だっけ?)

そんなことを考えながら、私はぼんやりとその子のことを眺めていた。

「こ、こんなのいやぁあああああ!」

「なんで! なんでこんなことすんのよっ!」

残りの二人の女の子が圧し掛かってくる男の子に抵抗しながら、涙声で喚き散らす。

(なんで? おかしなことを言うのね)

何度も聞かされた聞きたくもない恋の話。わざわざこの三人の女子が、それぞれに好きだと言っていた男子を宛がってあげたというのに。

この三人はいわゆる優等生である。たとえ教師に頼まれてではあっても、クラスで孤立する私をなにかと構ってくれた。私がそれをありがたいと思うかどうかは別として、善意には違いない。


……………………

だから、私も善意で応えてあげたのだ。


彼女たちが意中の男子と付き合える可能性は、何度シミュレーションしても皆無。

彼女たちの恋が叶うように、その恋の行きつく先まで辿り着けるようにと考えるならば、この方法がもっとも簡単で効率的だった。

恋という発情状態が何のために存在するかを考えれば、その行きつく先は言うまでもない。

(一回や二回で子孫を残せるかはわからないけど……)

男子の方は、簡単だった。

小さな過失を大袈裟に膨らませ、罪悪感と恐怖心で雁字搦めにして視野狭窄。そこに逃げ道と言い訳を与えて誘導し性欲と結びつけてやれば、倫理や道徳なんて簡単に乗り越えてしまう。

「いやぁあああっ!」

女の子たちの悲鳴は雨音に掻き消されて、どこにも届かない。

もちろん、その為にこんな大雨の日を選んだのだ。

「うぅ……もう……やめて……ゆるして」

だが、騒がしかったのは挿入を果たすまで。今はすすり泣く声と、腰を揺らす男の子たちの膝が立てるガタガタという音、押し殺したような微かな喘ぎ声だけが響いている。

このあたりは漫画や小説とは随分違う。もっと気持ちよさそうな声を出しても良いはずなのだけれど、このあたりのフィクションと現実の違いは、新たな知見と言ってもよかった。

フィクションの表現とそこから得られる視聴者側のベネフィットについて思いを巡らせているうちに「うっ！」と、次々に男の子の切羽詰まったような呻き声が聞こえた。

「ひっ!?　いやぁあっ！　射精《だ》さないでっ！　中はいやぁああ！」

（そろそろ終わりだね……大雨の日を選んだのはいいけれど……帰り道は大変だよ。都合よく止んでくれたりしないものだろうか）

女の子たちの涙声を聞くともなしに聞きながら、そんなことを考えていると、唐突に教室の扉が開いて、懐中電灯の閃光が網膜に突き刺さる。

「お前たち！　何をやってるんだ！」

踏み込んできたのは、体育教師。名前は忘れた。

（参ったね……）

計算外だった。本来なら、誰ももう学校には居ないはずなのだ。

後から聞いた話では、この教師は忘れ物をして一旦帰宅した後、学校に戻ってきたのだという。この頃の私は、まだそこまで偶発的な出来事は想定に入れていなかった。

失敗した。もちろん警察沙汰になった。

男子三人がどうなったのかは聞いていない。興味がない。彼らが私について何か告げ口することはありえない。彼らは私に何かされたとは思っていないからだ。

私があの場にいて男子に襲われずに済んだのは、人数の関係で余っただけ。私の目つきの悪さを見れば、大抵はそれで納得してくれる。助けを求めるでもなくあの場にいたのは、恐怖でその場から動けなかったから。そういうことになった。

女の子たちの私についての発言は、ただ一人犯されなかった私への嫉妬じみたマイナス感情として片付けられた。彼女たちにも私が何をしたかなど説明できるわけもないのだから。

警察署に迎えに来た母親は帰り道、私にこう尋ねた。

「……早紀、あなたの仕業でしょう？」

「そうだね」

「どういうつもり？」

「別に。あの子たちの望みを叶えてあげただけだよ。心配いらない。今度やるときはもっと上手くやるから」

その時の母親の表情は、正直よくわからなかった。感情が入り混じり過ぎてぐちゃぐちゃ。

そして、しばらく考え込んだ末に、彼女はこう言った。

「早紀……あなたをお母さんの実家に預けるわ」

×××

あらためて監禁王について思考を巡らせようとしたところで、階下で夏美が大声を上げた。

「おーい、白鳥！　晩飯の買い物行くから付き合ってや！」

「いや」

「いややないわ！　米切れとんねや。一人で持たれへんやろ。十キロ二つやで？　ほら、行くで！」

私は大きく溜め息を漏らして立ち上がる。

放っておけば、夏美は部屋の中まで踏み込んでくるだろう。

この家の人間は、距離感がおかしいのだ。

「はいはい、わかったよ、オバさん」

「オバさん言うな！　ドアホ！」

第二十三章　高田貴佳《たかたたかか》は捕らわれる

THEおせっかい

「答案用紙を返却するぞ！　名前を呼ばれたものから順に、前まで取りに来るように！」

終業式前日のことである。

朝のホームルームで、期末テストの返却が始まった。

答案用紙の返却といえば、ある者にとっては死刑宣告であり、ある者にとっては自尊心を満たす歓喜の瞬間でもある。

担任のゴリ岡が五十音順に生徒の名前を読み上げ、答案用紙を受け取った生徒たちの様子は、まさに悲喜こもごも。答案用紙を受け取って戻ってくる生徒たちの表情を見ていると、出来の良し悪しは凡《おおよ》そ想像が付いた。

順番に名を呼ばれる生徒たち。ア行の次はカ行。僕の一つ前に呼ばれるはずの粕谷くんの姿はない。彼の停学はまだ解けていないのだ。

サッカー部は既に廃部になっていて、このままいけば粕谷くんも留年まっしぐら。

余談ではあるが、彼と一緒に停学になった一年生の内一人が書き置きを残して家出し、行方不明なのだそうだ。リリは何か知っていそうだったけれど、詳しいことは聞いていない。

というわけで、粕谷くんを飛ばして僕の名が呼ばれた。

返ってきた答案用紙に目を落とし、僕はホッと胸を撫で下ろす。魔界の栄養ドリンクを使った一夜漬けの成果もあって、成績はむしろちょっと上がったぐらい。うん、かなり良い方だ。

そして、僕のすぐ後は黒沢さん。彼女は、ツンと澄ました無表情をキープしていた。

(良かったのか悪かったのか……ちょっとわかんないな)

そこから数人後に真咲ちゃん。彼女はニッコニコだった。どうやら、かなり良かったらしい。

そして真咲ちゃんの後は、田代さんの元カレで柔道部の平塚くん。彼も全くの無表情。そして最近、元気がない。その理由については、あえて言及しないけれど。

その次は藤原さん。

彼女は名前を呼ばれると「はいはーい」と元気よく答案を取りに行き、機嫌良さげにそのままスキップで帰って来た。

(あれ？　意外だ……。バカだと思ってたけれど、実は成績は良いってパターンなのだろうか？)

「結構良い点とれた感じ？」

「テストの点なんて、学校卒業したら関係ないじゃん」

(あ、開き直ってるだけだわ、コイツ)

だが、そんな彼女の表情も――

「赤点の者は補習な」

――担任のこの一言で凍り付いた。

「一教科でも赤点のある者は、八月の十日まで毎日補習に出るように！　十日に追試を行うから、それで赤点を出せば留年もありうるからな！」

「えぇー、マジで！」

「勘弁してくれよー！」

途端に騒然とする教室。とりわけ藤原さんは、椅子が倒れそうになるほどの勢いで立ち上がり、悲鳴にも似た声を上げて騒ぎ立てた。

「横暴っ！　せんせ！　横暴だよー！　夏休みの半分無くなっちゃうじゃん！」

「何が横暴だ、馬鹿もん！　自業自得だろうが！」

もちろん、いくら騒いだところで補習が無くなるはずも無く、藤原さんは、僕に救いを求めるような目を向けてくる。

「うぅぅ……で、でもふーみんと一緒なら補習でも……」

「僕、全教科七十点以上ですが、なにか？」

「うっ、裏切りものぉぉぉぉ!!」

裏切るもなにも、僕は最初から補習を受けるようなライン上にはいないのだけれど。

「じゃ、じゃあ、美鈴……一緒に」

すると、前の方の席にいる黒沢さんが、彼女の方を振り返ってバイバイと手を振った。

「ふぇぇぇ……真咲っちぃぃ」

真咲ちゃんは、ニコニコ笑顔のまま、シッシッと犬を追い払うような仕草をする。

最近、真咲ちゃんが結構酷い。誰の影響かはしらないけれど。

×××

昼休みに入って僕と藤原さん、黒沢さんと真咲ちゃんの四人は、お昼ご飯を食べに屋上へと向かう。

途中、僕の右腕にしがみついて歩きながら、藤原さんがブスッと唇を尖らせた。

「なんで朝一からテストの返却とかしちゃうかな……。おかげで今日一日ブルーだよ、もー」

だが、そんな彼女をニヤニヤと眺めながら、僕の左腕にしがみついている真咲ちゃんが、楽しげに口を開く。

「ねぇねぇ、文雄くん！　美鈴ちゃん！　どこ遊びに行こうか、夏休みっ！」

「ちょ!?　真咲っち！　なんであーしを置いて遊びにいく感じになってんの！　酷くない!?」

うん、最近、本当に真咲ちゃんが酷い。というか黒い。

だが、抗議の声を上げる藤原さんをよそに僕のシャツの裾をちょこんと摘まんで、後ろを歩いていた黒沢さんが、ちょっと考えるような素振りを見せる。

「海とか……かな」

うん、黒沢さんも答えなくていいから。藤原さん、涙目になってるから。

そんなこんなで、屋上へと続く階段を上がろうとしたところで「き、木島さま、真咲さま」と、僕らを呼び止める声がした。

振り向いてみると、そこには金髪縦ロールが特徴的な、小柄で可愛らしい女の子が立っている。

リボンの色は一年生。何となく見覚えはある。

先日解放した陸上部員の中で、準寵姫見習いとして残した一人。

名前は確か……香山唯さんだったと思う。

途端に、藤原さんが、ぎゅっと僕の腕を引き寄せながら、彼女に威嚇するような目を向けた。

「えーと……あーしのかれぴっぴに何の用？」

最近、藤原さんは、僕に女の子が近づくことをやたらと警戒してる雰囲気がある。

（まあ、わからなくもないけどね……）

「あの、その……」

胡乱《うろん》な者を見るような、藤原さんの視線に射竦められて口籠もる香山さん。

そんな彼女に代わって、真咲ちゃんが口を開いた。

「この子は最近知り合った後輩さんで、香山唯ちゃん。わたしが呼んだんだよ。舞ちゃんに紹介しようと思って」

「あーしに？　なんで？」

「話せば長くなるから、ご飯食べながら、ね」

「う、うん、わかった。じゃあ、とりあえず屋上行こうか」

そして、僕らが歩き出そうとすると、香山さんが戸惑うような顔をしてこう言った。

「あ、あの、ワタクシは木島さまのどこに掴まれば、よろしいのでしょう」

「うん、そんなルールはないからね」

僕は、思わず真顔で答えた。

ともかく屋上に辿り着いて、レジャーシートを広げ、輪になって座る。

皆がお弁当を広げる中で、よく見て見れば香山さんは手ぶらだった。

「お弁当持ってこなかったの？」

僕がそう問いかけると、彼女は困ったような顔をする。

すると、真咲ちゃんがニコリと微笑みながら、こう言った。

「話が進まないから言っちゃうけど、唯ちゃんって、お父さんが事業を失敗してド貧民なの」

「言い方!?」

(ド貧民って……もうちょっと手加減というか、なんというか)

次第に真咲ちゃんの酷さが、隠せないものになってきているような気がする。

ドン引きする僕をよそに、真咲ちゃんは巾着袋からもう一つお弁当箱を取り出して、香山さんの方へと差し出した。

「お金なくてお昼ご飯も我慢してるって聞いてたから、今日は唯ちゃんの分も作ってきたんだよ。はい、どーぞ」

「え……ま、真咲さま、よ、よろしいんですの？」

「うん、もちろん」

戸惑う香山さんに、真咲ちゃんがニコリと微笑みかける。

彼女が蓋を開けると、ミートボールや卵焼きの入った可愛らしいお弁当が現れた。よかった。正直ホッとした。

真咲ちゃんがあんまりいい笑顔なんで、ドS発揮してドッグフードとか入ってたらどうしようかと、本気で心配したのだけれど、流石にそれは考えすぎだったようだ。

思わず安堵の吐息を漏らす僕に気づく様子もなく、真咲ちゃんは藤原さんへと顔を向ける。

「で、なんで、舞ちゃんに紹介しようと思ったかっていうとね。この子にアルバイトの口を斡旋してもらえないかなと思って……」

「アルバイト？」

「うん、実はこの子、元々は良いところのお嬢さまだから、すっごい世間知らずなんだよ。昨日、たまたま会った時に、アルバイトの面接に行くっていうから、募集要項見せてもらったんだけど……日給二万円以上、送迎あり。初心者歓迎。楽して高収入で、店の名前が『痴立《ちりつ》コスプレ女学院』」

「うわぁ……」

「ワタクシは、学校の事務か何かのお仕事だとばかり……」

偶然とはいえ、よく真咲ちゃんと出くわしたものだ。危ないところだった。

(っていうか、痴立《ちりつ》ってなんだよ……)

「舞ちゃんちって、会社いっぱい経営してるんでしょ？　何かアルバイトの口を斡旋してもらえないかなーって……」

「あはは……なるほど、そういうことかー。じゃあ、お義父《とう》さんに聞いてみるよー。香山さんだっけ？　連絡先教えてもらっていい？」

「は、はい！　あ、ありがとうございます。えーと、き、木島さまの奥さま！」

「奥さま!?」

一瞬驚いたような顔をした後、藤原さんはデレっと表情を蕩けさせる。

「えへへ……そう見える？　見えちゃう？」

「は、はい。あ、ご結婚はまだなんですね。すみません。でもとってもお似合いだと……」

「真咲っち！　この子、すっごく良い子じゃん！　あーしも条件の良いバイト見つけられるように頑張るから！」

一気に上機嫌になる藤原さん。

だが、僕は見ていた。たぶん、打ち合わせ済みだったのだろう。香山さんが『木島さまの奥さま』と言い出す手前で、真咲ちゃんが、彼女に思いっきり目配せしていたのを。

なんだかんだ言っても、真咲ちゃんは面倒見がいい。

香山さんも真咲ちゃんに懐《なつ》いているみたいだし、仲良くなることは決して悪いことではないだろう。

×××

「どうした、島？」

「いや……今日ちょっと寝坊してしもて、弁当作ってきてへんねん。購買でパン買うてくるわ。先食べ始めといてや」

「島が寝坊とは珍しいな」

「あ、あはは……」

ウチ――島夏美は、初《うい》ちゃんと木島の情事を見せつけられて以来、寝つけなくて困っている。目を瞑ると
あの淫靡な光景が瞼の裏にちらついて、どうにも出来ず毎晩、ただただ寝返りを繰り返していた。

(ほんま……誰のせいやと思とんねん)

胸の内でそう零《こぼ》しながら教室を出ると、隣の教室の前でお弁当らしき巾着袋を提げた高砂が、しょんぼりと肩を落としていた。

「ん？　どうしてん、高砂？」

「しまぱい。かんちゃん……いなかった。一緒におべんと……」

「しまぱいて……島先輩な。でも、ああ……なるほど」

どうやら一緒に弁当を食べようと思ってきたのに、木島が教室にいなかったと、どうやらそういうことらしい。

「じゃあ、ウチらと一緒に食べるか？」と、そう言いかけたところで、背後から話に割り込んでくる人物がいた。

「どうしたんです？」

振り向けばそこには、ウチが非常に苦手としているクラスメイトの姿がある。

今どき三つ編みおさげで、銀縁眼鏡の見るからに堅物。

困っている人がいれば放置できず、ゴミが落ちていれば拾わずにはいられない。シャツを出している者がいればもれなくインさせ、スカート丈の違反は目測で百パーセント見破る。

清く正しい学生生活の守護者。人呼んで『THEおせっかい』。

風紀委員長の高田貴佳《たかたたかか》である。冗談みたいな名前だが本名だ。

面倒くさいのが来たというのが、ウチの本音。とりあえず適当にあしらうことにした。

「いやあ……なんでもないねん」

「でも、そちらの方は、ずいぶん落ち込んでるようですけれど？」

すると、高砂が泣きだしそうな顔で呟いた。

「かんちゃん……いなかった」

「かんちゃん？」

ウチは、思わず髪を掻きむしる。

(面倒臭いな、ほんま。首ツッコんでくんなや……。まあええわ、隠すような話でもないしな)

「かんちゃんって、隣のクラスの木島のことや。コイツ、木島に大分懐いとってな。一緒に弁当食べよ思て来たみたいやねんけど、木島はおらんかったって、それだけの話や」

「木島……木島文雄ですか？」

「そうそう、そいつ。あはは……おもいっきり餌付けされとるねん、コイツ」

冗談めかして言ったつもりだったのだが、おせっかい女の表情がなぜか厳しいモノになった。

「またあの男ですか……こんな大人しそうな子まで毒牙にかけるなんて！」

「はい？」

「あの男は風紀の乱れの元凶です。木島ハーレムだとか呼ばれて調子に乗っているみたいですが、女の子の弱みを握って強引に交際を迫っているそうじゃありませんか！　あの男については、監視が必要だと思っていたところです。必ず、化けの皮をはいでやりますから！」

唐突にエキサイトされても、ウチとしては困るしかない。

だが、いくら何でもアレに喧嘩売ろうという時点で、自ら地雷原に飛び込むようなものだ。

「やめといたほうがええと思うんやけど……」

「あんなのに情けは無用です！」

「いや、そうやのうて……」

（藪を突《つつ》いたら、出てくるのは蛇どころの騒ぎや無いんやけどなぁ……）

✖ 美少女生クリーム

夜になって、『監禁王の寝室』を訪れると、制服姿のけーちゃんがベッドの上にちょこんと腰を下ろして、僕を待ち受けていた。

「どうしたの、けーちゃん？」

「お昼……いなかったから」

少しむくれたような雰囲気の彼女。詳しく話を聞いてみると、僕に会うために昼休みに教室まで来たのだけれど、行き違いで会えなかったのだと。

それで田代さんにおねだりして、どうにかここへ入れて貰ったと、そういうことらしい。

「かんちゃん……ぜんぜん遊んでくれない、ひどい」

唇を尖らせる彼女に、僕は思わず苦笑する。

（ひどいって言われてもなぁ……）

実際のところ、ハーレム内の序列で言えば、彼女は準寵姫見習いなわけだし、寵姫たちより優先することなんて出来るわけもない。

だが、彼女を見ているとどういうわけか、甘やかしたくて仕方がなくなるのだ。

ある意味、魔性の女である。

今夜は、黒沢さんを可愛がってあげる約束になっているのだけれど、だからと言ってけーちゃんを、このまま「ハイ、さよなら」で帰してしまうのは、ちょっと可哀そうな気もした。

（うーん、どうしたものかな……いや、待てよ？）

実は今日の昼間、香山さんが真咲ちゃんに懐いているのを見て考えたことがある。

寵姫の数は三人、準寵姫見習いも三人。ならば、寵姫それぞれに準寵姫見習いの子たちの面倒を見てもらえばいいんじゃないかと。部活の先輩後輩じゃないけれど、指導担当みたいな感じで。

だとすれば、香山さんは真咲ちゃんで確定。

得体のしれない怖さのある白鳥さんは、田代さんと島さんの二人がかりで面倒を見てもらう方が良いだろう。たぶん、彼女は他の人間では手に負えないと思う。

そうなると、残り物同士って言ったら怒られそうだけれど、黒沢さんとけーちゃんという組み合わせになる。

しばらく経って、寝室にやってきた黒沢さんにそんな話をしてみると、「うん、いいよ」と、二つ返事でOKしてくれた。あまり意識したことは無かったけれど、こういう反応は、彼女もやっぱり隷属状態なんだなぁと思わされる。

「というわけで、この子が黒沢さんに面倒を見てもらいたい、高砂景ちゃん」

そう紹介すると、黒沢さんがいきなりテンションを上げた。

「えー！　なに、この子！　すっごく可愛いんだけど！」

黒沢さんはけーちゃんに歩み寄って、問答無用で彼女のほっぺを突《つっ》き始める。

「やーん、ぷにぷにー！　肌しろーい！　なに？　どうやったらこんなお肌キープできんの？　どんなスキンケアしてんの？」

「んあ、や、やめ……」

藤原さんばりにグイグイ迫る黒沢さん。けーちゃんはそんな彼女から逃がれるように、身を反らしながら答えた。

「……してない」

「ええーっ!?　それでこれ！　マジで!?」

黒沢さんは本気で驚いているようだけれど多分、あのぷにぷにほっぺは、圧倒的な睡眠時間の賜物なのだと思う。

「じゃあ、何かあったらアタシに相談してね。ここでのけーちゃんの保護者みたいのものだから」

黒沢さんのそんな一言に、けーちゃんは小さく首を傾げる。

「じゃあ……みすずママ？」

彼女が上目遣いにそう言った途端、黒沢さんは「かはっ……」と吐血するかのような声を漏らしてよろよろと後ずさった。

「フ、フミくん……ヤバい。ヤバい！　何かが溢れ出しそう」

「何かって？」

「愛情とか、涎《よだれ》とか」

「愛情と涎は、同列にならべちゃイカンだろ……」

×××

幸いにも黒沢さんも、けーちゃんのことを気に入ってくれたみたいだし、けーちゃんの方も嫌がるような様子はない。

というわけで早速、今夜は二人一緒に可愛がってあげることにした。

裸でベッドに寝そべる二人を眺めただけで、早くも僕のモノは痛いほどに張り詰めている。

(なんというか、その……すごいな)

身の回りの女の子の中でも、美少女という言葉に最も相応しいのはこの二人だろう。

もちろん、他の子たちもみんな可愛いし美人なんだけど、整った顔立ちという意味でいえば、この二人にはやはり敵わない。

「けーちゃんは、スイーツが好きなんだよね」

「……うん、好き」

「そこで、急遽こんなものを用意してみました」

さっき、食堂に行って貰ってきたのだけれど、僕が手にしているモノを目にして、黒沢さんが首を傾げた。

「生クリームと苺《いちご》？」

「そう、それでね……こうしちゃう」

「きゃっ!?　冷たい！　ちょ、ちょっと、フミくん」

僕はベッドに上がると、戸惑う黒沢さんのおっぱいに、生クリームを絞り出す。

ソフトクリームみたいに螺旋を描くように絞り出し、そして最後にいちごをトッピングした。

「やだもぉ……こんなの、変態みたいだよぉ……」

眉根を下げて恥ずかしがる彼女をよそに、僕はけーちゃんに微笑みかける。

「食べちゃえ、けーちゃん」

「……うん」

彼女は小さく頷くと、仰向けに横たわる黒沢さんの上に寝そべるように覆い被さって、はむっといちごを頬張った。

そのまま彼女は生クリームへと舌を伸ばし、ペロペロとそれを舐めとっていく。

「やん、あっ、け、けーちゃん、ちょ、ちょっと……」

最初は戸惑っていたけーちゃんの舌の動きも、生クリームのおいしさには勝てなかったらしく、れろ、れろ、れろん、れろッと、どんどん大胆になっていく。

すぐにクリームの下から、ピンクのチェリーみたいな乳首が発掘されて、けーちゃんはそれをクリームもろとも舐め上げた。

「あぁん、あっ、あん……」

身悶える黒沢さんの身体を、皿が動くなとばかりに押さえつけるけーちゃん。彼女の口の周りはもうべちゃべちゃ。鼻の頭にちょこんとついた生クリームがやたらと可愛いらしかった。

僕は調子にのって黒沢さんのもう片方のおっぱい、それからお腹へと生クリームを絞り出していく。けーちゃんはそれを追いかけて、おっぱいからお腹へと舌を這わせていった。

「やん、くすぐったい、けーちゃん、だめぇ、あんっ……」

小動物のようなけーちゃんの舌使いに、黒沢さんは小刻みに身を震わせる。

とどめだとばかりに、股間へたらりと生クリームを滴らせてやると、黒沢さんはその冷たさに「ひゃん!?」と腰を跳ねさせた。

けーちゃんは黒沢さんの足の間で蹲って、一心不乱に生クリームを舐めとる。

れろっ、れろれろ、んちゅっ、ちゅううぅっと卑猥な音が響き渡って、けーちゃんがクリーム塗れのクリトリスを口に含んで吸い上げると――

「やん、あっ、あんっ、あんっ、ああっ、ああああぁぁっ!?」

――黒沢さんは、身を仰け反らせて甲高い喘ぎ声を上げた。

美少女二人の生クリームプレイ。これは、随分クるものがあった。

僕は黒沢さんの股間に追加で生クリームを垂らすと、それを一心不乱に舐めとっているけーちゃんの背後に回る。そして、そのまま彼女に覆い被さって股間に指を這わせた。

「ふにゃっ!?」

ビクンと身を跳ねさせるけーちゃん。それに構わず僕はスリットを撫で上げて、雫で濡れた指先で彼女の敏感な蕾を擦り上げる。

「にゃっ！　あっ、やっ、びりって!?　あ、あ、あっ、ふぎゃっ!?」

けーちゃんは黒沢さんの股間、その生クリームに鼻先を突っ込んだまま、ビクン、ビクンと身体を跳ねさせた。

「けーちゃん、お口が止まってるよ、ちゃんと舐めとってあげなきゃ」

「ふにゃぁ……」

再び舌を動かし始めたけーちゃんの膣内に、ゆっくりと指を差し入れて動かす。

「んにゃっ、んぎゃっ、あひゅ、れろっ、にゃ、あ、あああ……」

「あ、あぁっ、あああっ、い、いいっ、あああぁ！」

美少女二人のあられもない喘ぎ声が、淫らに絡まり合って響き渡る。

そろそろ頃合いだろう。僕ももう我慢できない。

僕は自分のモノに生クリームを塗りたくると、それをけーちゃんの股間へと宛がった。

「さあ、こっちでも食べさせてあげるからね」

彼女の細い腰を掴んで、背後から生クリーム塗れの欲望の塊を強引に捻じ込んでやる。

「ん、にっ、ぁあっ、はいってきたぁ……んにゃぁ、あ、あ、あぁぁぁ……」

小柄な体格そのままに狭隘な彼女の肉壺。相当濡れていて生クリームでぬるぬるだというのに、それでも尚、ギチギチと捩じ切らんばかりに僕のモノを締め上げてくる。

「はぁ、はぁ……おおきい、かんちゃんでいっぱいになるぅ、にぎっ……にゃぁ、ぁ、あっ……」

「痛い？」

そう問いかけてやると、けーちゃんはふるふると首を振った。

ならば遠慮する必要はない。僕は強引に肉棒を奥まで突き入れた。

「ふぎゃぁあああっ!?」

途端に、彼女は悍馬《かんば》が嘶《いなな》くかのように身を仰け反らせ、生クリーム塗れの舌を突き出して、尻尾を踏みつけられた猫みたいな声を上げる。

「にゃっ！　んんっ、あっ、あっ、ひゅ、ああああああっ……」

興奮に任せて激しく突き上げてやれば、パンパンパンと尻たぶを打ちつける音と、彼女の喘ぎ声が大きく響き渡った。

そうしている間に、やっとけーちゃんの舌から解放された黒沢さんが、肩で息をしながら身を起こす。そして、彼女はにんまり笑うと、激しく喘ぎ続けているけーちゃんの両脇に手を差し入れた。

「にゃ、な？　なにっ？　ひぁんっ！　あ、あ、にゃっ！」

黒沢さんは四つん這いの彼女を強引に膝立ちさせて、正面からその身に抱き着く。

「うふふっ、けーちゃんったら、すごくえっちな顔してる」

僕と黒沢さんに、サンドイッチされる形となったけーちゃん。黒沢さんは戸惑う彼女をよそに、僕の方へと手を差し出してきた。

「フミくん、生クリームちょうだい」

「なに？」

「お返ししてあげないと」

生クリームを受け取った彼女は、けーちゃんを見据えていやらしく舌を突き出すと、見せつけるように舌の上へと生クリームを絞りだす。そして——

「んっ、んんんっ!?」

彼女はけーちゃんの唇を自らの唇で塞ぎ、生クリーム塗れの舌を彼女の口内へと差し入れた。

じゅるっ、じゅるっ、ちゅぷっ、ちゅぷっ。

濃厚な生クリーム百合キスに、目を白黒させるけーちゃん。あまりにも淫靡なその光景に、僕の興奮は頂点に達した。

昂りのままにけーちゃんの乳房を鷲掴みにすると、発情した犬みたいに必死に腰を振る。

僕は衝動のままにズンズンズンと、まるで彼女の胎内をめった刺しにするかのように容赦なく膣奥を突きまくった。

「んんんっ!?　んんんっ!?　かはっ！　んっ!?　ふぁ!?　んんんっ！」

くぐもった呻き声を洩らしながら、もう許してと、けーちゃんが黒沢さんの背中を何度もタップする。

やがて黒沢さんが唇を離すと、荒れた吐息とともに、攪拌された唾液まじりの生クリームが二人の胸の上へとだらだらと垂れ落ちた。

(やばい……むちゃくちゃエロい)

その光景に、昂り切った僕のモノが更に膨張する。けーちゃんはもうフラフラ。だけど、こんな光景を見せられて、手加減なんてできるわけがない。

「あ、にゃっ、はげしいっ！　かんちゃん、はげしぃってばぁ！　あっ、あっ、んはっ、にゃぐっ……」

結合部を痛々しいほどに押し拡げ、肉棒を引き抜くたびに肉襞が外側へと捲れあがる。

膣奥を突き上げる度に、圧力でクリーム交じりの愛液が隙間からプシュッと飛び散った。

「にゃぁ、うっ、ひっ、くるっ、ひゅごいのきちゃ、ひっ、あっ……はぁっ、ふぎっ!?　んぐぁ、ふああぁ」

クリームと愛液でいっぱいの膣内を攪拌され、けーちゃんの身体が赤く火照っている。彼女の目つきはトロンと蕩けていて、半開きの口からクリーム塗れの舌がだらしなく零れ落ちていた。

そこから更に膣奥を蹂躙してやると、突然けーちゃんが激しく頭を振り乱す。

どうやら限界を迎えようとしているらしかった。

「ひゅぅ、んあっ、あ、ひゅごっ！　だめ！　や、やらっ、もっと、まだ、やっ、やなのにぃ！　にゃ、ふぎゃっ！　にぎゃっ……ふにゃ、にゃあぁあああああ！」

必死に快楽に抗おうとしているのがわかる。だがそれも虚しく、彼女は快感の波に呑み込まれていった。

彼女は大きく目を見開き、ガクガクと肢体を震わせる。

「ひっ！　ひぃいっ！　や、イクっ！　イ、イクっ！」

途端にぎゅぎゅぎゅぎゅっ！　と、膣内が窄《すぼ》まって、僕のモノを一層キツく締め付けてきた。

「ぐっ！」

歯を食いしばって抗うも、僕だってもう限界。下腹部で渦を巻いていた熱い滾《たぎ》りが、肉先に向かって一気に駆け上がっていく。

びゅっ、びゅるるるるっ、びゅるっ！

暴発する熱い白濁液。目の前がチカチカする。意識が飛びそうになるほどの極上の愉悦に全身が震えた。

「くひっ!?　い、ひぎゃっ！　でてるぅ、でてるぅぅぅぅ、んぁっ、ぁぁあああああぁ！」

けーちゃんは溺れる子供のように、必死に黒沢さんにしがみつく。そしてビクン、ビクンと何度も大きく身を震わせた後、大きな吐息とともにその身を黒沢さんへと預けた。

彼女は、黒沢さんの首筋に顔を埋めてもたれ掛かりながら、うっとりと瞳を細め、半開きになった口から何度も熱い吐息を漏らす。

「はぁ……はぁ……しゅ、しゅごかったぁ……」

黒沢さんが、そんな彼女の頭を撫でながら僕の方へと微笑んだ。

そして僕らは、その後もクリーム塗れになりながら、三人で夜更けまで何度も何度も愛しあったのである。

✕ 職員室の前で騒いじゃいけません。

終業式は、わずか二十五分で終わった。

うち十五分が校長先生の話だったのはいつものこと。

名前の五十音順で僕の隣に座っていた黒沢さんは、ただでさえ昨晩のクリーム塗れプレイで寝不足のところに校長先生の催眠音波を喰らい、眠気との壮絶な格闘の末に白目を剥いていた。

(うん……一応美少女って言ってるんだから、その顔はアカンと思うぞ)

そんなこんなで教室に戻ってホームルームを終え、十一時には放課。そして遂に待望の夏休みがやってきた。

先生が教室から立ち去った途端、「自由だー!」などとお調子者が声を上げる。

皆がざわざわと席を立ち始める中で、藤原さんが僕の顔を覗き込んできた。

「真咲っちも来るけど、ふーみんも一緒にどう?」

「冗談じゃない」

何のことかといえば、香山さんのアルバイトの話。

あの腹黒親父が、直々に面接すると言っているのだという。日本を代表する企業グループの総帥が、直々にアルバイトの面接などしていて良いのかとも思うのだが、あれだけ藤原さんのことを溺愛しているのだ。

その頼みなら、決して悪い様にはしないだろう。

「ぶぅぅ……」

唇を尖らせる藤原さん。だが、そんな顔をされてもダメなものはダメなのだ。

つい先日、白鳥さんのおかげで、どうにかあの腹黒親父の魔の手から逃れられたというのに、自ら死地に飛び込むわけにはいかない。

藤原さんたちが出ていった後も、しばらくは名残惜しげに教室で雑談に興じている者たちも多かった。長期休暇特有の少し浮ついた雰囲気とでもいうのだろうか。このまま学校帰りに遊びに行こうと考える者も多いのだろう。

僕がしばらく席に座ってぼーっとしていると、いつの間にか教室には、僕以外の誰も居なくなっていた。

気が付けば時計の針は十二時十五分を指している。

(あ……十二時過ぎてんじゃん……ま、慌てる必要はないんだけどさ)

鞄を手に廊下に歩み出ると、そこはしんと静まり返っていた。

ほとんどの生徒は、既に下校してしまったのだろう。

僕は教室に鍵を掛け、職員室に鍵を返しに行ったその足でそのまま屋上へと向かった。

屋上へと繋がる扉を開くと、フェンス越しに遠くを眺めている女の子の背中が見える。

頭の左右で編み込んだ栗色の髪。首元を飾るリボンは一年生の青。

彼女は僕に気付くと、パタパタと駆け寄ってきて腕に自分の腕を絡め、上目遣いに僕を見上げた。

「もー先輩、遅いですってば、二十分遅れ！　いつもいつも何で遅刻するんですか、もー！」

「じゃ、帰るわ」

「ちょ、ちょっと、先輩！　またそんな意地悪するぅ！」

彼女の名は、福田凜《ふくだりん》。

一時は随分見すぼらしくなっていたのに、毎日のように呼び出して犯している内に、彼女はいつのまにか以前の快活さを取り戻していた。

「拗ねる女の子って可愛くないですか？」

「それを自分でいう奴は可愛くない」

「ぶぅ……先輩、私の扱い、ますます酷くなってますよね？」

「文句があるわけ？」

ギロリと睨みつけてやると、凜は怯えるように身を縮ませた。

「もー……すぐにそうやって脅すんですからぁ……」

「うるさいな、とっとと脱げよ」

「はぁ……ほんとせっかちなんですから。あ、そうです、先輩。夏休みなんですけど、ウチの寮に泊まりに来ませんか？」

「寮に？　なんだそりゃ？」

「食堂に寮生全員の予定が張り出されてるんですけど、来週にはみーんな帰省しちゃって、寮に私と三年生の先輩一人だけになっちゃうんですよね。その先輩は予備校の夏期講習で昼間はずっといないみたいですし……どうです？　女子寮ですよ、女子寮。禁断の花園ですよ？」

女子寮と言われると、正直グッとくるものがある。

単純に、普段足を踏み入れることのできない場所という意味でも興味はある。

だが、喜ぶような顔をしたら、コイツが調子に乗るのは目に見えていた。

「まあ、泊まるかどうかは知らないけど、暇な時に顔ぐらい出してやってもいい」

「やたっ！　ありがとうございます、先輩！」

途端に上機嫌になる凛に、僕はヒラヒラと手を振って「さっさと脱げ」とそう促す。

すると、彼女は鼻歌交じりにブラウスを脱いでブラを外し、上半身裸でスカートだけの姿になった。もちろん、ショーツなんて最初から履いていない。僕がそうしろと言ったからだ。

羞恥に鼻先を朱に染めながら、彼女は僕が促すまでもなく、自らスカートの裾を持ち上げて、足を開く。

「私……福田凛は木島先輩の生オナホです。先輩の立派なおち○ちんが欲しくて仕方がありません。どうか思う存分、凛のメス穴にパコパコハメてやってください」

「……まったく、下品な女だな」

「うぅ……自分でやらせといて、そんな言い方……流石に酷くないですか？」

「うるせぇ」

前戯なんて必要ないし、するつもりも無い。この女はどこまでいってもオナホ扱い。それ以上でも、それ以下でもないのだ。

ベンチへと手をつかせ、僕は肉棒を取り出して、凛の背後へと回る。

そして、それを彼女の股間へと宛がったその瞬間——

カシャッ！　と、スマホのものらしき、電子音っぽいシャッター音が静かな屋上に響き渡った。

思わず背筋が凍り付く。慌てて周囲を見回すと、スマホを手に扉の陰からいかにも不快といった顔で、こちらを睨んでいる女の子の姿がある。

銀縁眼鏡にへの字口、いかにもお堅そうなその顔にはもちろん見覚えがあった。

隣のクラスの堅物。風紀委員長の高田貴佳だ。

「証拠は押さえました。もう言い逃れはできませんから！　まったく……いかがわしい男だと思っていたら、下級生にまで手を伸ばしているなんて」

「ちょ、ちょっと待ってよ！　高田さん！」

「待ちません！　これは先生に報告します」

そして、彼女は凛の方へとちらりと目を向ける。その目つきは酷く冷たかった。

「全く……クズがどんな女の子を毒牙にかけているのかと思ったら、女の方もやっぱりクズ。二人纏めて処分されてしまいなさい！」

「そんな……高田先輩、私は……！」

「問答無用です」

彼女は力任せに扉を閉じて、屋上から立ち去る。

凛はガタガタと震えながら膝から崩れ落ち、僕は露出したままのモノをしまうと、高田さんの後を追い掛けた。

（……やるしかないな）

不祥事続きでマスコミにも取り上げられ、今やこの学校は次年度の生徒募集すら危ういと言われている。

その上、陸上部の一年生四人は行方不明のままで、誘拐事件の残り火は未だに燻《くすぶ》ったままだ。

もちろん、僕だって学校を潰したいわけじゃないから、しばらくは騒ぎを起こしたくなかったのだけれど、事ここに到ってしまえば、背に腹は代えられない。

とはいえ、一度監禁してしまったら、ただで帰すわけにはいかないのだが、僕としては正直あの堅苦しい眼鏡女には、これっぽっちも興味が湧かない。

足音の聞こえてくる方へと、僕は階段を駆け下りる。それは真っ直ぐに一階の方へと向かっていた。そのまま職員室に駆け込むつもりなのだろう。

どうにか僕が追い付いた時には、高田さんは職員室の扉に指をかけたところ。

僕は開きかけた扉を強引に押さえつけて、彼女に向かって声を上げた。

「高田さん、ちょっと待ってくれ、話を聞いて！」

「聞く耳なんてありません！　汚らわしい！　手を放しなさい！」

「ここに入られると、マズいんだってば！」

「うるさい！」

彼女は僕を突き飛ばすと、扉を開けるなりその中へと飛び込んだ。

途端に、扉の奥から困惑しきった声が漏れてくる。

「な、なんなの!?　これ？」

そりゃそうだろう。職員室だと思って飛び込んだら、そこが石造りの真っ暗な部屋だったら誰だって驚く。

実は、彼女が扉を開くのを阻止するふりをしながら、職員室の扉に重ねて『部屋』へと繋がる扉を設置していたのだ。

「じゃあ、また後でね」

「ちょ、ちょっと待って！」

「聞く耳なんてありません」

ついさっき言われた言葉をそのまま投げ返し、戸惑う彼女を尻目に扉を閉じると、僕は小さく肩を竦める。

「だから、マズいっていったのにね」

僕がそう呟くのとほぼ同時に職員室の扉が開いて、小林先生が顔を覗かせた。

隣のクラスの担任、去年赴任してきたばかりの若い男性教師だ。

「何を騒いでるんだ？」

「いや、僕じゃないですよ。僕は、騒いでるバカがいたんで注意しただけですから」

✖ホームを変える。

屋上に戻ると凛は衣服を整えて、ベンチに座っていた。

彼女は、ぼうっと空を見上げ、雲を目で追っている。

敢《あ》えて大きな音を立てて扉を閉じると、彼女はビクッと身を跳ねさせた。

「せんぱぁぁい……」

「なに泣きそうな顔してんだよ、お前は」

「だって……」

「心配すんな。よーく話をしたらわかってくれたから」

「わかってくれたって……何をですか？」

「色々だよ。とにかく先生に訴えるようなことはしないって約束してもらったから」

すると凛はベンチから立ち上がって、あわあわと宙を掻いた。

「う、うそっ!?　あ、あのタッタカターですよ!?　あの堅物を説得できたっていうんですか？」

「ああ、意外といい人だったぞ。高田さん」

すると、凛はへなへなとベンチにもたれ掛かって、大きく安堵の息を吐きだした。

「よかったぁ……先輩と一緒に学校辞めることになったら、二人で愛の逃避行。奥飛騨の山奥で自給自足の生活をしながら、三人目の赤ちゃんが生まれるところまで、シミュレーション済ましちゃいましたよ」

「ツッコミどころが多すぎてなんだが、とりあえず何で奥飛騨？」

「先輩好きそうじゃないですか。エッチっぽいですし、音が。おくひだ」

「岐阜県在住の皆さんに謝れ！」

「あ、岐阜県なんですね、北海道の一番上のとんがった辺りだと思ってました、奥だし……」

「奥過ぎるだろ！」

僕が思わず呆れると、凛はもう一度安堵の吐息を漏らす。

「本当にどうしようかと思いましたよ。さっきお話した寮に残るもう一人って、実はタッタカター先輩なんですよね」

「予備校の夏期講習があるから、帰省しないってやつか？」

「そうですよ」

「おまえ……アレが残ってるのに、よく寮に泊まりにこいとか言ったな」

「バレなきゃ大丈夫だと思ってましたし……実際、最近はずっと無視されてましたから」

だが、それは良いことを聞いた。

上手く立ち回れば、しばらくは監禁したことを隠しておけるかもしれない。

「高田さん、実家で不幸があって、今日から予定を変更して帰省するって言ってたぞ。夏休みの予定、貼り出してるんだよな？」

「え、あ、はい、寮の食堂に……」

「それ、書き換えといてくれってさ。夏休みの最終日までずっと帰省してるって」

「はあ、まあいいですけど」

凛はどうにも腑に落ちないという顔で頷いた。

×××

今日はこれ以上凛を抱く気にもなれず、近々寮に泊まりに行く約束だけをして帰宅した。

凛は随分不満そうだったけれど。

家に辿り着いたのは午後三時過ぎ、部屋に戻ると例によってリリがふわふわと宙に浮きながら、漫画を読んでいた。

「おかえりデビ。今日は珍しく早いデビな？」

「ああ、終業式だけだし……ちょっと色々あってさ」

「色々？」

僕が事の顛末を説明すると、例によってリリは呆れるような顔をした。

「次のターゲットも決まってるのに、まさかいきなり寄り道するとは思ってなかったデビよ」

「しかたないだろ」

「まあ、良いデビ。とりあえずフリージアに言って、その高田とかいう娘の荷物を、寮からいくつか持って来させておくデビ。それで帰省した風に偽装は出来るデビ」

「助かる」

「でも話を聞いている限り、その娘は素材としてはまあまあ面白いデビな。夏休みを使って、洗脳調教の練習台として利用すればいいデビよ」

「おもしろい？　どこが？　実際、見た目だって一重まぶたの無愛想眼鏡だし、地味だしさ。なによりあの融通の利かない性格はどうしようもないだろ」

するると、リリが少し考えるような素振りを見せた。

「じゃあ……そんな女がフミフミのち○ぽ欲しさに、土下座するようになったらどうデビ」

「それは……ちょっと興奮する」

僕がそう口にすると、リリはにんまりと笑った。

「じゃあ、早速洗脳の計画を立てていくデビ。その女は堅苦しくて、他の生徒を自ら進んで取り締まってるんデビな？」

「うん、そう」

「他の生徒から、嫌われてるんじゃないデビか？」

「それは……まあ、そうだろうね」

「損な役回りデビ。なんで嫌われるようなことをしてるデビ？　その女にどんなメリットがあるデビ？」

「え、メリット？　わかんないけど……先生の覚えがめでたくなって、受験に有利だとか……」

「教師の覚えがめでたくないと、受験もままならないような成績デビか？」

僕は首を振る。

「僕よりずっと上だったと思う。学年でも十位以内には入ってたんじゃないかな」

「となると、考えられるメリットは一つデビ」

「なに？」

「それが『楽』だからデビ。堅苦しく振る舞って、他人にその堅苦しさを強要する状態が自然なんデビよ。なんでかわかるデビ？」

「……レッテルってやつ？　真面目だって言われて育ったってこと？」

僕は田代さんの時のことを思い出しながら答える。彼女は優秀で気高い人間だというレッテルを貼られた結果、そう振る舞うようになったと……そんな話だった。

だが、リリは首を振った。

「むしろ逆、親にはだらしないと言われながら育ったはずデビ」

「はぁああっ!? あれがだらしないってどんだけ……」

「違うデビ。今がだらしないんじゃなくて、必要以上に抑圧された結果、ああなったってことデビ。抑圧的な親が型にハメまくった結果、堅苦しく振る舞う状態が自然になったんデビよ。で、他の人間にそれを強要するのは……」

そこで、リリは僕の鼻先に指を突きつけてくる。

「復讐してるんデビよ」

「……ごめん、わかんない」

「いいデビか、人間は習慣で形作られる生き物デビ。自分の好き嫌いに関わらず、習慣になればその状態が『楽』になるデビ。小さい頃から堅苦しく生きることを強制されてきたその女は、堅苦しい状態が『楽』なんデビ」

「イヤすぎるな、それ」

「まあ、よくあるパターンデビよ。でも一方では、自分はこんなに抑圧されてるのに、他の人間はそうじゃないことに不平等さも感じてるデビ。だから無意識にそれを周囲に強制しようとするデビよ」

「でも、彼女は寮暮らしらしいし、親元を離れたら抑圧されることもないんじゃないの？」

「本人も最初はそう思ったかもしれないデビな。でも残念ながらそれは無理な話デビ」

「なんで？」

「宝くじに当たって億万長者になったのに、すぐに使い果たして貧乏人に逆戻りしたなんて話を聞いたこと無いデビか？　ダイエットに成功したのに、すぐに元に戻ったなんて話は聞いたことないデビか？」

「そりゃ、あるけど……」

珍しい話ではない。それどころか成功とリバウンドは、大抵セットになっているような気さえする。

「あれは貧乏人やデブの状態が『ホーム』で、億万長者や痩せた状態が『アウェイ』だからデビ」

「どういうこと？」

「人間には『恒常性維持機能《ホメオスタシス》』というのがあるデビ。要は何らかの異常があっても、普通の状態に戻ろうとする機能。このおかげで、人間は熱を出しても平熱に戻り、それ以下に下がることもないんデビ。そしてこれは『振る舞い方《ビヘイビア》』にも同様に機能するデビよ」

「つまり、貧乏やデブの状態が普通で、自然とそこに戻ろうとするってこと？」

「そう、一度定まった『ホーム』を変えるのは至難の業デビ。その女についても『堅苦しく振る舞う状態』が普通なわけだから、それを止めようと思っても、結局その状態に戻っちゃうデビよ」

「なるほど……そうだとして、じゃあどうするの？」

するとリリは胸を張って、ふふんと鼻をならした。

「戻りたくても戻れないように、時間をかけて強制的にホームを変えてやるんデビよ。派手でどうしようもなく下品なギャル。フミフミのち〇ぽが、好きで好きでたまらないドスケベ女がその堅苦しい眼鏡の『ホーム』になるところまで」

第二十四章　カミリア姉妹は忍び寄る。

彼女はえせガイジン

夏休み初日の朝、目を覚ますと、沙織ちゃんがベッドの脇から僕の顔を覗き込んでいた。

「お、おはよ……その、お兄ちゃん」

誤解のないように言っておくが、僕が連れ込んだわけじゃない。

流石に、いくら僕でも可愛い妹分に手を出したりはしない。

実際、僕が昨晩抱いたのは、彼女ではなく涼子だ。

高田さんのことをリリに任せて、涼子のマンションで、彼女の手料理と彼女自身を楽しんだ。

彼女の手料理はとても美味しかったし、『監禁王の寝室』以外で彼女を抱くのは新鮮だった。

そして深夜に自室へと戻ってきて、ベッドにもぐりこんだのだ。

「あぁ……おはよう、沙織ちゃん」

じゃあ、なんで彼女が僕の部屋にいるのかと考えると、プラクティスシャツにショートパンツといういかにもスポーティな彼女の出で立ちですぐに思い当たった。

実は、沙織ちゃんのご両親が町内会の役員になったせいで、彼女はこの夏休みの間、子供たち相手の朝のラジオ体操、その体操のお姉さん役をやらなくてはいけなくなったのである。

でも、子供相手とはいえ、人前に出るなんて考えただけでも気が重い。

朝、登校する道すがら、不安げにそう話す彼女の姿に、見て見ぬふりなど出来るわけもなく、僕は「じゃあ僕も一緒にやるよ」と、そう言ったのだ。

で、僕が寝坊しないかと心配した彼女は、わざわざ起こしに来てくれたということらしい。

朝、女の子が起こしに来てくれるようなシチュエーションであれば、ラブコメ展開を期待したいところだけれど、流石に真面目で大人しい沙織ちゃんに、それを期待するのは無理というものだろう。

僕は簡単に身支度を調えて、彼女と一緒にラジオ体操の集合場所である住宅街の公園へ。

そこにはもう、近所のちびっこたちが集まっていた。

「おせーよ、フミオぉ」

「ぐずぐずすんなよな、フミオぉ」

ちびっこ改めムカつくガキども。不満げな声を上げたのは、ウチの両隣に住む小学生。丸ボウズたち。恐らくいじめっ子予備軍である。

(危険な芽は早めに摘んでおくべきだろうか?)

思わず、僕がそんな大人げないことを考え始めたのとほぼ同時に、沙織ちゃんが僕のシャツの裾を引っ張った。

「お、お兄ちゃん、始めよ、ねっ、ねっ」

(命拾いしたな、ガキども!)

胸の内でそう毒づきながら年代物のラジカセのスイッチを押して、ラジオ体操を開始した。

一番、二番と終わらせて、最後に子供たちの持ってきた台紙にスタンプを捺してやる。

ガキどもは可愛くないが、身体を動かすのは良いものだ。

清々しい気分で振り返ると、沙織ちゃんと目があって、彼女がふにゃりと笑う。

「お疲れさまー。お兄ちゃん、よかったら今からウチに寄っていきませんか？　おかあさんがスイカ切ってくれてるので……」

僕が「じゃあ」とそう口にすると、彼女は嬉しそうに「やったぁ！」と声を上げて、ぴょんと飛び跳ねる。可愛い。世のシスコン兄貴たちの気持ちが痛いほどよくわかった。

もちろん、沙織ちゃんがこんな風に慕ってくれるのも、彼氏が出来るまでなのだとは思うのだけれど、今のこの関係は、僕にはとても心地が良かった。

×××

早朝の陽射しは柔らかく、夏の空は遥かに高い。

今日も暑くなりそうな気配ではあるけれど、この時間帯は、まだかなり涼しかった。

僕と沙織ちゃんは、彼女の家の前の道端。住宅街の一画で、彼女のお父さんが拵《こしら》えたという、瓶ビールケースの上に板を渡しただけの簡易ベンチに座って、スイカに齧《かぶ》り付いていた。

一般道とはいえ、地方都市の住宅街。その上、早朝ともなれば車通りの一つもなく、犬の散歩をする近所のおばさんが通りかかる程度である。

軽く会釈をすると、おばさんは「あら、いいわねー」などと、微笑ましいものを見るような顔をして通り過ぎていった。

スイカはとても甘かった。良く冷えていた。二人して豪快に齧り付いては、ぺぺぺと種を飛ばす。

二人でなんとなく種の飛距離を競いあい、勝った、負けたと悔しがったり、笑いあったり。

お行儀が悪いという無かれ、これこそが縁側で食べるスイカの作法である。

まあ、縁側ではないのだけれど。

「お兄ちゃん、夏休みはどこか行ったりするの？」

沙織ちゃんが新しいスイカに手を伸ばしながら、そう問いかけてきた。

「一応、いくつかは予定あるけど……一番近いのは明日、モデルさんやってるクラスメイトの撮影に付き添って、東京に行くことになってるんだよね」

「なにそれ!?　モデルさん!?」

沙織ちゃんが目を丸くする。

確かにどう考えても、僕とモデルなんて単語は結びつかないとは思うのだけど、ビックリしすぎじゃないだろうか？

「あはは、ただの荷物持ちだよ。でもそういう撮影現場見てみたいし。ま、いいかなって引き受けたんだけどさ。沙織ちゃんは、何か予定あるの？」

「え……うん、予定というか……お盆明けに大会があるから、それまではずっと部活だよ。今日から新しいコーチが来るみたいだし……」

「そうなんだ？　何だか大変そうだね」

陸上部の顧問は、誘拐事件に関与した容疑で取り調べを受けていると、涼子からそう報告を受けている。新しいコーチというのは、その顧問に代わって雇われたということなのだろう。

「うん……あんまり厳しくない人だったらいいなぁ。三年生は最後の大会だから部長とかすっごく張り切ってるし、その上コーチまで厳しい人だったら、しごかれすぎて死んじゃうかも」

（ということは、お盆辺りまでは田代さんとか、けーちゃんも忙しそうだな……）

僕がぼんやりそんなことを考えていると沙織ちゃんが、何やら緊張したような面持ちで僕の方へと向き直った。

「でね……お兄ちゃん。もしよかったらなんだけど……その……大会、見に来てほしいって言ったら迷惑……かな？　お兄ちゃんが応援してくれたら、きっと頑張れると思うんだけど」

「うん、よろこんで」

「ほんと!?　やったー！」

沙織ちゃんは両手を上げてはしゃぐと、そのままニコニコしながら、また一つスイカへと手を伸ばす。応援に行くだけでこれだけ喜んでくれるなら、こちらも嬉しくなってくる。

そして、僕も新たなスイカに手を伸ばそうとしたその瞬間、なにやら不穏な気配を感じて、辺りを見回した。

（……なんだ？）

すると、すぐ近くの電柱の陰に隠れるように、じっとこっちを見ている女の子の姿がある。

腰まである長いブロンドの髪に、碧い瞳……いやオッドアイというのだろうか、片目はちょっと紫がかっているように見える。

真っ白な肌の外国人の女の子。ローライズ気味のデニムのホットパンツから伸びる脚は長く、重ね着したキャミソールだけの上半身はほっそりとしている。

そんなめちゃくちゃ目立つ女の子が、なにやら羨ましそうな顔をして、こっちをじーっと眺めていた。

（……なんだ、あれ）

全然知らない人だとしても、あんな顔で見られると、食べ難《にく》いったらありやしない。

「あの……食べます？」

僕が引き攣った微笑みを浮かべてそう問いかけると、彼女はコクコク頷きながら、電柱の陰から歩み出てきた。

途端に沙織ちゃんが「ひゃ!?」と、声を上げて飛び上がる。どうやら彼女の存在に気づいていなかったらしい。

外国人の女の子はスイカを受け取ると、シャグシャグと齧り付いて、満面の笑みを浮かべる。

そんな彼女を戸惑いの目で見上げながら、沙織ちゃんがひそひそと耳打ちしてきた。

「ど、ど、ど、どうしよう。お兄ちゃん、私、え、英語なんて喋れないよ」

「大丈夫、まかせといて」

僕は英語の成績だって悪くはないし、きっとどうにかなるはずだ。

僕が気取った発音で彼女に英語で名を尋ねると、沙織ちゃんが「お兄ちゃん、すごい！」と尊敬のまなざしを向けてくる。うん、気持ちいい。

だが、その外国人の彼女は、申しわけなさそうな顔をして、こう言った。

「ゴメン、ボク英語わかんないんだよね」

いきなりの撃沈である。格好つけた分だけ心が痛い。

「お、お兄ちゃん、大丈夫！　英語圏の人じゃなかっただけだから。かっこよかったから！」

沙織ちゃんの気遣いで更に心が痛い。

「っていうか、ボク、日本生まれの日本育ちなんだよね。ごめんね、えせガイジンなもんで」

「へー……そ、そうなんだ」

言われてみれば、顔立ちは外国人なのに、表情は日本人のそれ。なんというか違和感がすごい。

「そうそう、昨日この住宅街に引っ越して来たんだよね。で、探検のつもりで散歩してたら、すごくおいしそうにスイカ食べてるからさ……」

「ご近所さんなんだ？」

「うん、お姉ちゃんの仕事の関係で、尾道から引っ越して来たんだよ」

「へー、お姉さん、どんな仕事してるの？」

「陸上のコーチ。この近くの学校の陸上部で指導することになっててさ、新学期からは、ボクもそこに通うことになってるんだよね」

僕と沙織ちゃんは、思わず顔を見合わせた。

×××

「クラウディア、朝っぱらからどこ行ってたの？」

「うーん、ちょっと散歩にね」

フミオとサオリ。二人と色々な話をしながら、スイカをごちそうになって家に戻ると、お姉ちゃんが朝食の準備をしてくれていた。

「もうすぐ出かけるから、ご飯食べたらすぐに着替えてね」

「うん、新しい学校かぁ……楽しみっちゃ楽しみだよね」

引っ越しの片づけは、大体終わっている。

この後、お姉ちゃんは、学校で陸上部に初顔出し。ボクは、そのついでに転校の手続きをすることになっている。

「そうそうお姉ちゃん。散歩の途中で面白い子に会ったよ」

「面白い子？」

「キジマフミオ」

「えっ!?」

途端に、お姉ちゃんがビックリしたような顔をした。

「あはは、まさか容疑者ご本人と、いきなり出会うとは思わなかったよ」

「どうだったの？」

「うん、普通。ごくごく普通の、どこにでもいる男の子って感じ。今日は世間話しかしてないけど、特に嘘ついたりしなかったし……立岡だっけ？　あいつの勘違いの可能性の方が大きいような気がするなー。だってあいつ、依頼の途中でも嘘だらけだったし。正直ボクは好きになれないね」

するとお姉ちゃんは眉を顰める。

「クラウディア、決めつけはダメよ。嘘ついてなくても、二重人格とかレアケースもあるんだから」

「わかってるってば。今日のは当たり障りのない話ばっかりだったし。それに嘘はつかなかったけど、問題がないわけじゃないよ、フミオは……。あいつ、ずっとボクの胸ばっか見てたしね。筋金入りのドスケベだよ。それに一緒にいた子……サオリって子なんだけどさ。実は、そっちの方が気になってるんだよね」

「気になってる？」

「嘘かホントか、全くわかんなかったんだよ。彼女の話」

✖嘘、嘘、これも嘘

スイカを食べながら、沙織ちゃんとクラウディアさんの二人と、楽しい時間を過ごした。

かわいい妹分と外国人の美人さんと楽しくスイカタイムとは、何とも贅沢な夏休みのスタートである。

(今年の夏休みは、なんだか良いことありそう！)

そんな思いを抱いて鼻歌交じりに帰ってくれば、時計の針はまだ朝の八時を回ったところ。

スイカの汁と汗でベトついている。そんな気がしたので、まずはシャワーを浴びることにした。

髪を洗いながら考える。

（それにしても、クラウディアさん、可愛かったな……）

外国人の女の子と知り合えたというだけでも、何となく嬉しい。うん、グローバル社会って奴だ。その上、その子が美人さんとくれば、言うことは何もない。

一瞬、『監禁』の二文字がテロップのように脳裏に流れて、僕はブンブンと頭を振る。

流石にそんな何の節操もなく、監禁するわけにはいかない。

可愛いと思ったら監禁してしまうのなら、悪人どころか、もはや悪魔そのものとしか言いようがない。

（でも、まあ……友達ぐらいには、なれたらいいな）

そう思う。

沙織ちゃんもおっかなびっくりではあったが、外国人とのコミュニケーションを楽しんでいる雰囲気はあった。そして彼女が、お姉さんが指導する陸上部の部員だと告げると、クラウディアさんもかなり驚いていた。それはそうだろう。こんな偶然そうそうあるものではない。

「お、お姉さんって、ど、どんな人ですか？」

沙織ちゃんは、やはり新たにくるコーチのことが気になるのだろう。だが、彼女のその質問へのクラウディアさんの回答は「ボクには優しいよ」と、実に参考にならないものであった。

帰り際、クラウディアさんは「フミオ、サオリ、またね！」と、にこやかに手を振りながら去っていった。

（ほんと、仲良くなれたらいいんだけど……）

頭からシャワーを被りながら、僕はお決まりの妄想に突入する。

新学期になって、彼女が転校生として教室に入ってくる。僕の姿を見つけた彼女が『フミオと一緒だ！やったー』とはしゃぎながら駆け寄ってきて、皆が一斉に僕に注目するのだ。

そんな妄想。うん、我ながらキモいな。

×××

濡れた髪をタオルで拭いながら部屋に戻ると、リリがまるで見計らったかのように姿を現した。

「フミフミ、おっぱいちゃんと、縦ロールが来てるみたいデビよ？」

「真咲ちゃんが？　こんな時間に？」

「食堂にいるデビ」

特に約束はしていないし、それ以前にまだ早朝と言って良い時間帯である。

「まあ、行ってみればわかるか……」

僕は、ある程度髪を乾かし終えると、首を傾げながら扉を出現させた。

食堂に足を踏み入れると、元陸上部の一年生メイドたちが、直立不動の態勢になって大声で唱和する。

「「「おはようございます。偉大なる監禁王さま！　監禁王さまのお蔭で、私たちは幸福な毎日を過ごしております」」」

僕は苦笑いを浮かべながら、やあやあと手を振った。

（毎度のことながら……やっぱ慣れないよな、これ……）

リリには、いくら何でも大袈裟だからやめさせて欲しいと、そう言ったのだが、「あれは躾《しつけ》の一つデビ」と取り合って貰えなかった。

食堂の中を見回すと、メイドたちの他には中庭に面した奥のテーブルで談笑する甘ロリドレス姿の響子と、もう一人の女性の姿がある。

黒沢さんを救出した時に、一緒に救い出した女性たちの一人。行き場がないことを理由に、自らここに残った金谷《かなや》千尋《ちひろ》さんである。

（たぶん、響子とは歳が近いんだよな……）

そして手前のテーブルには、真咲ちゃんと香山さんの姿があった。

「おはよー文雄くん」

「か、監禁王さま！　おはようございます！」

にっこり微笑む真咲ちゃんに、緊張しきった表情で慌てて立ち上がる香山さん。

真咲ちゃんはTシャツにキュロットというラフな格好。一方の香山さんは、学校の体育ジャージ姿である。

「なんでジャージ？」

「あまり、お洋服は持っていないので……」

彼女は唇を噛み締めて、呻くようにそう言った。

どうやら、聞いてはいけないことを聞いてしまったらしい。

「じゃあ、帰りに『衣裳部屋《ドレッシングルーム》』から好きな服を持って帰っていいよ」

「え、そ、そんな……」

戸惑う香山さんをよそに、真咲ちゃんに目配せすると、彼女はにっこり微笑んだ。

何と言うか最近、真咲ちゃんとは、視線だけで伝わるような感覚がある。

以心伝心というのだろうか。彼女なら、香山さんに似合う服を選んで、ちゃんと持ち帰らせてくれることだろう。

僕が席に着くと、メイドさんが慌ただしくコーヒーとフルーツの盛り合わせをテーブルへと運んできてくれた。

「で、どうしたの、こんな朝っぱらから？」

カップに手を伸ばしながらそう問いかけると、真咲ちゃんがにっこりと笑って口を開く。

「あ、うん。文雄くんがいるのを期待して来たわけじゃなくて、今日はメイドさんたちに、唯ちゃんの指導をお願いしに来たんだよね」

「指導？」

「実はね……唯ちゃん、住み込みで働くことになったんだよね。お母さんと一緒に舞ちゃんのお屋敷で」

「……はい？」

例のバイトを紹介してほしいと頼んだ件なのだと思うのだけれど、何だかおかしな方向へ話が転がってしまったらしい。

「それがね、面接してみてビックリ。舞ちゃんのパパさん。唯ちゃんのことよーく知ってる人だったんだよね」

香山さんが、うんうんと頷いた。

「はい、まさか舞さまのお父さまが、藤原正剛さまだったとは……本当に驚きました」

「どういうこと？」

「パパさん同士の交流があって、パーティなんかで何回も会ってたんだって」

「ワタクシどもと藤原家では、全然家格が違いますけれど、それでも特別によくしていただいた記憶がございます」

（なるほど、父親同士が友人だったってことか……）

「しかも特別っていうのには別の理由があるの」

「特別な理由？」

「うん、舞ちゃんのパパさん。唯ちゃんのママさんの大ファンだったんだって！」

「はいぃ!?　なにそれ？　どういうこと？」

「母は、さほど有名ではありませんが、独身のころは海鳥葵《うみどりあおい》という芸名で女優をしておりまして、藤原正剛さまは、その……追っかけをずっと……」

「あの、腹黒親父が!?」

僕は思わず仰け反る。すると、真咲ちゃんがいかにも楽しげに口を開いた。

「パパさんの青春だったんだって、唯ちゃんのママさん。結婚して引退する時には、自分の会社から全出演映像を網羅した『海鳥葵コンプリートビデオボックス三十本組』を発売させたっていうんだから、公私混同もレベルが違うよね」

「うわぁ……」

「面接の時だって、唯ちゃんのママさんが缶詰工場で深夜パートしてるって話をしたら、缶詰工場買収して、唯ちゃんのママさんを所長にするとか言い出して、舞ちゃんと舞ちゃんのママさんが慌てて止めてたぐらいだもん」

(でも、そんな大ファンが、憧れの女優さんを住み込みで雇うってマズくないか？)

「えーと、住み込みってことは、その……愛人にしようとしてるとか？」

「うん、まあ普通はそう思うよね」

「そうとしか思えないけど」

「でも、違うみたい。直接会うのは恥ずかしくて出来ないけど、自分の青春を捧げた憧れの人が苦しんでいるのは嫌なんだって。舞ちゃんも舞ちゃんのお母さんも『また始まった……』みたいな呆れ顔だったから、ホントにそうなんだと思うよ」

「純情か!?」

すると、香山さんがおずおずと口を開く。

「ですので……ワタクシと母は、正剛さまとはほとんど顔を合わせることのない舞さま付きのメイド兼家庭教師ということで、雇用いただけるとのことです」

「家庭教師？」

「ええ、上流階級の令嬢としての振る舞い方や言葉遣いの指導ということですね」

なるほど、藤原さんは少し前までは庶民だったわけだから、その辺については、確かにまだまだこれからなのだろう。その点、今は貧しくとも真性のお嬢さまである香山さんは、家庭教師としてうってつけというわけだ。

僕が納得して頷くと、真咲ちゃんが苦笑しながら、こう言った。

「ぶっちゃけ、パパさんは働かせようとか思ってないと思うよ。一人や二人養うぐらい、なんてことないお金持ちさんだし、単純に保護したがってた雰囲気。まあそうだよねー。自分の青春を捧げた女優さんがさ。缶詰工場でカニカマに塗れてると思ったら……」

「でも、甘えるつもりはございませんので、ちゃんとお仕事をこなせるように、斎藤さんや乾さんたちに教えを乞いに来たと、そういうわけでございます。彼女たちは同級生ではございますけれど、みっちりメイドとしての教育を受けたとお伺いしましたので……」

そして、香山さんは決意するように、グッと拳を握る。

「でもねぇ……」

僕がメイドさんたちの顔を見回すと、彼女たちはビクッと直立不動の体勢を取った。

「ここのメイドさんたちは、ちょっと特殊な状況だからね……」

僕を神のごとく崇めるように矯正されている子たちが、果たして参考になるのかどうか……。

×××

「今日から新しいコーチがお越しになった！　まずはご挨拶をお願いしたいと思う！　ヨランダコーチ、よろしくお願いします！」

部長さんらしき背の高いポニーテールの子が、そう言ってお姉ちゃんを振り返った。

校庭の隅に建てられた部室棟。陸上部員たちはその前に集まっている。ボクは少し離れた場所にあるベンチに腰を下ろして、ぼんやりと彼女たちの様子を眺めていた。

(ここなら……一応、声も聞こえるね)

後ろから見ている限り、部員の数はそれほど多くない。

数えてみたら、たった十二人。

お姉ちゃんは一歩進み出ると、部員たちを見回して口を開いた。

「ヨランダ・カミリアだ。今日からおまえたちのコーチを務めることになっている。一応、誘拐されたというお前たちの特殊な事情についても、ちゃんと把握している」

お姉ちゃんがそう口にした途端、何人かの部員がピクッと肩を震わせた。

「口さがないことを言う者もいるだろう。だが、三週間後の大会でキチンと成果を出せれば、色眼鏡で見る者たちを見返すこともできるはずだ。皆の努力に期待する！」

すると、部員たちの中から、パチパチと控えめな拍手が響いた。

今、お姉ちゃんが口にした通り、この陸上部は部員のほとんどが誘拐事件の被害者という、実に特殊な事情を抱えている。

しかも一年生の内、四人が未だに行方不明。何人かは既に退部したと聞いている。

家では、お姉ちゃんも頭を抱えていた。

コーチを引き受けたのはいいけれど、もはや「陸上部の体をなしていない」と。

もちろん、この場でそんなことを口に出来るわけもないけれど。

部員たちが一様に驚いたような顔をしているのは、お姉ちゃんが普通に日本語を話したからだろう。ボクらにしてみれば、実に見慣れた表情と言っていい。

お姉ちゃんは生まれこそローマだけど、二歳からずっと日本にいるから、えせガイジンとしては尾道生まれのボクとほとんど変わりはない。

そんなどうでもいいことを考えていると、お姉ちゃんがちらりとボクの方へと目を向けた。

(はいはい、ちゃんと見てるってば……)

「ところで、お前たちは誘拐された際のことを全く覚えていないと聞いているが、本当か？」

お姉ちゃんのその質問に、部長さんとその隣にいたショートカットの女の子が顔を見合わせた。

「うむ、コーチ。本当だ。実に残念なことに、私たちは何一つ覚えていないのだ」

部長さんがそう発言した途端、ボクの視界の中で彼女の姿が赤く発光する。

(嘘だね)

「逮捕された照屋ちゃんの姉ちゃんは、監禁されてた場所でなんとなく見かけたような気はするねんけどな」

(ショートカットの子の……これも嘘)

ちらちらとこちらの様子を確認しながら、お姉ちゃんが更に問いかける。

「世間ではお前たちがいかがわしい目にあったのではないかと、興味深々にみられているようだが……」

「馬鹿馬鹿しい。そんなことあるわけがない」

部長さんが、どこかイラつくような声を漏らした。

(でも、これも嘘だ……)

「では、もう犯人と接触するようなことはないのだな?」

「当たり前ではないか！　そんなことあるわけがない！」

(そしてクリティカルな嘘。彼女たちは、まだ犯人と接触を保っている。つまり、この子たちの行動を追っていけば、犯人に辿り着けるってことだ。それがフミオかどうかはわからないけれど……)

お姉ちゃんは部員たちを見回しながら、更に問いかける。

「誰か、誘拐されてる間のことを少しでも覚えている者はいないか?」

「……覚えてません」

口々にそう口にする者は、みんな真っ赤。

色が付いていないのは、サオリとあと三人。その三人に色が付かなかったのは、単純に何も発言しなかったからだ。

一人は、サオリにもたれ掛かるようにして立ったまま寝てる。随分、だらけきった子みたいだ。

もう一人は、誘拐事件にあっていない子がいると聞いているから、その子なのかもしれない。

それにしても、これだけの人数に完全に秘密を守らせるのは至難の業。それに部長とその隣の女の子に到っては、嘘を吐くことに苦痛を感じている雰囲気もない。

これは、これまでの経験からいっても、ちょっと考えにくかった。

(……何かしらの精神操作を受けている可能性が高そうだね)

そしてあともう一人、赤い色の付かなかった女の子に目を向けると、その子はジッとボクの方を見ていた。

ムスッと不機嫌そうな顔をした目つきの悪い女の子だった。

第二十五章　高田貴佳の変貌

罪にいたる圧力

「高田さんの様子はどう？」

真咲ちゃんとメイドのレクチャーを受けた香山さんが帰った後、僕はリリにそう尋ねてみた。

「とりあえず、裸に剥いて魂をピン止めしてあるデビ」

「それだけ？」

「あと……容姿の変更も済んでるデビ。日焼けマシーンを使って全身のタンニング。髪も明るいアッシュグレーに染めておいたデビ」

「はは、びっくりするだろうね。あのお堅い高田さんが自分のその恰好見たら、どんな顔になるのやら」

「『ホーム』を変えるためにじっくりと慣らしていくデビが、今回は『部屋』の外での調教を試してみるデビ」

「外って、まさか解放するってこと!?」

これには、僕も目を丸くする。

「解放はしないデビよ。『静寂《クワイエット》』を掛けた上で、まったく違う環境に身を置かせるだけデビ」

「でも、逃げられちゃったらどうすんのさ？」

「だから、フミフミがまずやるべきことは、弱みを掴むことデビ。バラされたら本当にマズいことを探り出すことデビ」

「弱み？」

「『静寂《クワイエット》』で口枷をつけて、弱みを握って、逃げ出せないように首輪をつけてやるんデビ」

「そんなのどうやって調べるのさ？」

「簡単デビ。本人に聞けばいいんデビよ。『独白《モノローグ》』で」

「ああ……なるほど。それで具体的には、どんな調教をするのさ？」

「じゃ、耳をかっぽじってよーく聞くデビよ！」

×××

リリから調教内容の説明を受けた後、僕は高田さんを監禁している部屋へと足を踏み入れた。

間接照明の灯る薄暗い部屋。その奥にはアッシュグレーの髪に、深煎りの珈琲みたいな色に日焼けした女の子が横たわっている。

「変われば変わるもんだね。もう全然、面影もないや」

僕が遠目に彼女の姿を眺めながらそう口にすると、リリが耳元へと囁きかけてきた。

「じゃあ始めるデビ。灯りを消したらピンを抜くデビよ」

「わかった」

灯りを消してしばらくすると、部屋の奥から「う……うぅん」と呻くような声が聞こえてくる。どうやら、高田さんが目を覚ましたらしい。

だが、この暗闇の中では、そうそう簡単に自分の容姿の変化に気付きはしないはずだ。

「な……真っ暗、なに、これ？」

戸惑うような高田さんの声、それだけで僕はちょっと楽しくなってきていた。

「やあ、高田さん」

「……木島文雄？　あなた！　わ、私に何したの!?　ここはどこなのよ！　こんなことしてタダで済むと思ってるの！」

何とも個性のない反応だ。テンプレというか何というか。

「こういう時って、みーんな同じ反応するんだよね」

「みんな？　……まさかアナタ」

「そう、僕が集団誘拐事件の犯人だよ。つまり、高田さんってば知らず知らずのうちに、どデカい地雷踏んじゃったってわけ」

途端に暗闇の中から「ひっ!?」と、息を呑む音が聞こえた。

（さて……じゃあ、早速仕掛けてみるか）

僕は『独白《モノローグ》』を発動して口を開く。

「まあ、高田さんは僕の好みのタイプってわけでもないし、解放してあげてもいいんだけどね。僕のいいなりになるしかないだけの弱みも握ってるわけだし……」

そう口にした途端、高田さんの心の声が頭の中で響いた。

《弱み？　ま、まさか……小林先生とお付き合いしていることがバレてるというの？》

（おいおい……マジかよ！　いきなりドでかい爆弾が出てきちゃったよ！）

これは、流石に想像もしていなかった。

小林先生は、風紀委員の担当教諭。赴任二年目の若い先生だ。しかも、最近子供が生まれたばかりの既婚者である。これが本当なら懲戒免職で済む話ではない。

（もうちょっと詳しく探ってみるか……）

「教師が生徒に手を出しちゃいけないよねぇ、高田さん」

「な……なんのことかしら？」

《大丈夫、私たちのは純愛だもの。奥さんとは別れてくれるって約束したし、卒業したらすぐ結婚するんだから……な、何にも問題ないわよ》

（おいおい……マジか。なんでこんなの信じちゃうかなぁ……）

どう聞いても結婚詐欺の手口である。これには僕も流石に呆れた。

「風紀委員長ともあろうお方が、妻子ある教師を誑《たぶら》かすなんて、恥ずかしくないの？」

「人聞きの悪いこと言わないで！」

《私たちのは純愛！　運命の出会いだったの！》

（人の恋愛は不純異性交遊で、自分の不倫は純愛かよ……すげぇな、コイツ）

「人聞きが悪いねぇ……。ま、自分だけは純愛だと思ってるのかもしれないけどさ。で・も・ね、世間はそうは思ってくれないわけ。発覚してしまえば、ただの淫行教師として小林先生はクビなわけだし、社会的にも死んじゃうよね」

重苦しい沈黙の後、呻くような高田さんの声が漏れ聞こえて来た。

「う……うぅ……謝るから、あなたのことも誰にも言わないから……。おねがい、私たちのことは放っておいてよ。どうすれば黙っておいてくれるのよ？」

「お金だね」

「い、いくら払えば……」

「三百万円」

「そ、そんなの無理よ！」

「大丈夫、仕事を斡旋してあげるから。ガールズバーだけど、別にエッチなことをするような店じゃない。夏休みの間にそこで三百万円稼いでくれれば無事に解放するし、小林先生とのことも秘密にしてあげるから」

×××

事前に説明されたリリの計画はこうだ。

リリの従者が昨晩の内にガールズバーを一軒、完全に制圧したのだという。物理的にも法的にも。そこで大量のギャルたちと一緒に、高田さんを働かせるのだそうだ。

「なんでまたそんな……」

「お堅い風紀委員長が下品なギャルに堕ちるシチュエーションって、良くないデビか？」

「それは……確かに興奮するけど」

「女という生き物は、共感能力の優れた生き物デビ。男に比べればはるかに、朱に交われば赤くなりやすい生き物なんデビよ。つまり……ギャルに交わればギャルになるデビ」

リリはそう言って胸を張る。

「それだけ？」

「違うデビよ。それはあくまで土台の話。ギャルと楽しく過ごすことを目的にくる客ばっかりの店デビ。ギャルらしければギャルらしい方が優秀っていう価値観の下において、成績の悪い子はお望みどおり堅苦しく叱責してやるんデビ」

「……なるほどね。でもさ、それが上手くいって彼女の『ホーム』が下品な黒ギャルに変わったとしても、僕との接点は全然なさそうだし、僕的にはあんまり楽しくなさそうだよね」

そこで、リリがにんまりと笑う。

「さっき説明したように、今回の調教方法は目標額までお金を稼がせることデビ。普通にやってたら、絶対に達成できない金額デビ」

「まあ、一ヶ月で三百万円はね……」

「そこで！　目の前に蜘蛛の糸を垂らしてやるんデビよ」

「助け舟を出すってこと？」

「そうデビ。具体的には、フミフミとのセックスに金額をつけてやるんデビ。犯れば、その金額を目標額から差し引いてやるんデビ」

「それって……強制するわけじゃないんだよね？　それは流石に乗ってこないと思うんだけど」

するとと、リリは人差し指を立てて左右に振りながら、チッチッチッと舌を鳴らす。うん、うざい。

「フミフミ、人に道を誤らせるのは、実はすごーく簡単なことなんデビよ」

「どういうこと？」

「学術用語でいえば、道を誤ることを『逸脱行動』って表現するんデビが、人にその逸脱行動を取らせる圧力の大きさには公式があるんデビ」

「公式？　そんなのあんの？」

「デビデビ。耳をかっぽじって聞くデビ！」

そして、リリは僕の鼻先へと指を突き付けてきた。

「『逸脱行動への圧力は、実現可能性の高さと欲求の強さに比例する』、わかるデビか？」

「全然わかんない」

「例を挙げれば単純デビよ。例えば、すごくおいしそうなパンが売ってあるとして、それを目にした人の状態が、（A）家に帰ればご飯が待っている。（B）飢え死に寸前。この二種類を想定するデビ。どうみても（B）の方がパンへの欲求が強いデビな」

「ま、そりゃそうだよね。死にかけてるんだから」

「で、パン屋の状態としては、（1）パンは店頭のガラスケースの中に入っていてその前には店員がいる。

（2）店頭の籠に無造作に積まれていて、周りに店員はいない。とするデビ」
「うん」

「（A）の人は欲求レベルが低いから、どうやってもパンを盗むという行動に移す程の圧力は生まれないデビ。（B）の人は欲求レベルが高いけれど、（1）の場合は実現可能性が低いので行動に移しにくい。でも（B）の人が（2）の状況――つまり欲求レベルの高い人が、実現可能性の高い状態に遭遇した場合、逸脱行動――この場合、盗むことに対する圧力は極めて高くなるんデビ」

「つまり、高田さんを（B）×（2）の状態に追い込むってこと？」

「ふふーん、そういうことデビ！　楽しみデビねー、お堅い風紀委員長が罪の意識を感じながら、自分からお金で身体を売るようになるのは」

「え、えぐい……」

「しかも、一度道を誤れば心理障壁が低くなるし、その上、経験値が積まれることで実現可能性が高まるから、より一層逸脱行動への圧力は強くなるんデビ。犯罪者が再犯を犯しやすいっていうのは、つまりはそういうことなんデビよ」

×××

「じゃ、高田さん。メイドを一人つけるから、後のことはそのメイドに聞いてくれ」

「メイド？」

私が首を傾げるのとほぼ同時に、暗闇の向こうでドアの開く音、続いて閉じる音が響く。

「ちょ、ちょっと！　ま、待って！」

慌てて伸ばした指先に触れるものは無く、私の声だけが壁にぶつかって反響した。

そして、その響きが消え去ると、後には威圧するかのような静寂が居座る。

（なんなのよ、これ！　一体、私が何をしたというの！　風紀委員の職務を全うしようとしただけなのに、なんで私がこんな目に……）

頭の中はぐちゃぐちゃで、混乱という言葉では足りないような気さえした。

（それにしても……あの男が集団誘拐事件の犯人？　小林先生との秘密をどこで知られた？　ガールズバーで働く？　この私が？　三百万円を稼げって……本当にそんなこと出来るの？）

「いったい……何がどうなってるのよ！　もう！」

私は髪を掻きむしりながら、その場にペタンと座り込む。それとほぼ同時に、部屋がいきなり明るくなった。

途端に私は、自分の格好に気づいて悲鳴を上げる。

「きゃっ!?　は、裸？　な、何、これ!?　この肌の色！　何なの!?」

一糸まとわぬ全裸。その上、肌は深煎りしたコーヒーのような深いブラウンに日焼けしていて、とてもではないが自分の肌とは思えなかった。

すると突然、扉が開いて一人の女の子が部屋の中へと入ってくる。

短い髪にホワイトプリム。丈の短いメイド服を纏った、ちょっと生意気そうな顔つきの女の子だ。

「はじめまして、高田さま。ご機嫌いかがでございますか？」

「だ、誰よ、アナタ！」

「はい、高田さまがこちらに滞在されている間のお世話を仰せつかりました、偉大なる監禁王さまの忠実なる下僕《しもべ》……『ゴキブリ』と申します」

「ゴ、ゴ、ゴキブリぃ？　それ……名前なの？」

「はい、メイド長さまから頂いた大切な名でございます」

「それに、か、監禁王って……木島文雄のこと？」

「左様でございます。但し敬称をお付けくださいませ。監禁王さまは神にも等しいお方。高田さまのような微生物が呼び捨てにして良いお方ではございません……ブッ殺しまスよ？」

「なにが……神」

腹立たしさに声を上げかけて、私は思わず押し黙る。

私よりも背丈の低いメイド。恐らく年下。にも拘わらず、彼女の放つ物凄い威圧感に圧倒されたのだ。

何度も死線を越えて来たと言わんばかりの落ち着き払った態度。本能というのだろうか、生物としての格が違うのだと、頭の中で警鐘が鳴り響く。逆らったらたぶん本当に殺される。

「それでは、高田さまのお部屋にご案内いたします」

「お……お部屋って？」

「偉大なる監禁王さまは、慈悲深いお方でございます。高田さまがこちらに滞在される間、快適にお過ごしいただけるよう、お部屋をご用意くださっております」

ゴキブリと名乗るメイドの後について部屋の外に出ると、扉の向こう側には石造りの廊下が真っ直ぐに続いていた。そしてわずか数メートル。突き当たりには、また扉がある。

「こちらでございます」

そう言って扉を開けると、メイドは私を部屋へと招きいれた。

いかにも高そうなソファーセットに大きなベッド、そしてクローゼット。それなりに豪華なリゾートホテルのような部屋だ。

変わったところと言えば、本来ホテルなら窓があるであろう一番奥の壁に、三つの扉が設置されていることぐらいだろうか。

「この部屋の物はご自由にお使いいただいて構いません。奥の扉は右から、バスルーム、トイレ、職場への通勤口となっております」

「通勤口？」

「ええ、高田さまが勤務されるガールズバー。その事務所に空間を越えて直接繋がっております」

「空間を越えてって……」

「驚くことではございません。偉大なる監禁王さまは神にも等しいお方ですから。尚、初出勤は明日の夕方。最初は私も同行させていただきます」

（本当に、いったい何者なのよ？　木島文雄……）

「あらためて労働条件を説明させていただきますと、夕方五時から深夜二時までの九時間勤務、うち一時間は休憩時間でございます。時給は各種天引き後千八百円。ドリンクバックは一杯二百円となっております。

それで一ヶ月。およそ三十五万円の収入になろうかと存じます」

「三十五万円!?　ちょっと待って！　そんなの三百万円なんて逆立ちしたって無理じゃない！」

私が思わず声を上げると、メイドはにっこりと微笑んだ。

「はい、無理でございます、普通なら。ですので、慈悲深い監禁王さまは高田さまのために、特別な措置をご用意くださっております」

「特別な措置？」

「ええ、このガールズバーでは、お客さまによる人気投票が毎日行われております。通常は昇給査定の参考とするためのものですが、この人気投票で高田さまが一位を取るたびに、お給金に十万円を上乗せいたします。夏休み終了までは三十五日。通常のお給金が三十五万円前後。つまりこの三十五日の内、二十七日分人気投票の一位を取れば、余裕で三百万円を稼げると……そう言うわけでございます」

私は押し黙る。その一位を獲るということの難易度が全然わからないのだ。

喜んでいいのか、怒っていいのか、落ち込んでいいのか……さっぱりわからない。

私はどうしてよいかわからず部屋の中を見回し、化粧台の鏡を目にして息を呑んだ。

「なんでこんな格好……」

明るいグレーの髪。ステレオタイプな南米の女性のようにタンニングされた深煎りの肌。

(人に断りも無しにこんなことするなんて……)

「ご不満のご様子ですが、その容姿は監禁王さまのご温情でございます。高田さまが勤務されるガールズバーは学校の最寄り駅のすぐ裏。ホテルラヴィアン・ローズと同じ通りにございます。お知り合いが来られる可能性は皆無ではございません」

「っ!?」

「ですので、それと悟られぬように容姿を大きく変えさせていただきました。もちろん、解放の折には、全て元に戻させていただきます」

「こんなに灼けた肌、どうやって戻すっていうのよ！」

すると、メイドは呆れたとでもいうように肩を竦める。

「眼鏡も掛けていないのに、よく見えると思いませんか？」

「え……？」

「高田さまの視力は既に修復済みでございます。ワタクシももう何度も五体バラバラになっておりますし、同僚には下半身を酸で溶かした者もおります。どんな怪我であろうと、全てきちんと修復できますので、どうぞご安心ください」

「五体バラバラって……アナタ」

ゾッとした。背中に氷を投げ入れられたような気さえした。

メイドには、全く冗談を言っているような雰囲気はない。

「と、と、とにかく、何か着る物をちょうだい。いつまでも裸じゃ……」

「左様でございますね。お召し物はクローゼットに多彩なビキニを滞在日数分用意してございますので、お好みでご利用ください」

「ビ、ビキニ？」

「お店の制服はビキニとミニスカートとなっております。高田さまは夏休みの間、お店とこのお部屋のみでの生活となりますので、他の衣服は不要かと」

「そんな破廉恥な恰好で人前に出ろっていうの!?」

「そういうお仕事でございますから。ご心配には及びません。接客はカウンター越しで、お客さまに触れることもほとんどないと聞いております」

「触られるとか触られないなんて問題じゃないでしょ！　痴女じゃない！　こんなの！」

私がそう騒ぎ立てると、メイドは「はぁ……」と、いかにも面倒臭げに溜め息を吐いた。

「それでは、偉大なる監禁王さまにそう直訴してくださいませ。五体満足のままどこかに売り飛ばされるぐらいで済めばよろしいのですが……そちらの方がお好みであれば仕方がありません」

メイドには、やはり冗談を言っているような雰囲気はない。

私が押し黙ってしまうと、彼女は「それでは、後ほどお夕食をお持ちさせていただきますので、どうぞお寛ぎくださいませ」、そう言って部屋を出ていく。

だが、この部屋を出たところで扉の外は一本道。その先にあるのは、つい先程まで私がいた何もない部屋だけの筈だ。

「もう……わけがわかんないわよ。先生……私、どうしたら……」

思わず私は、小林先生の姿を思い浮かべた。

私がどうにかしないと小林先生が大変なことになってしまうのだ。逃げ場はない。

私はクローゼットを開け放って、そこに吊られている水着の一つを無造作に手に取った。

黄緑色のパステルカラー。ツルンとした飾り一つないビキニの水着だ。たとえ水着を着るとしても、普段なら絶対ビキニなんて選ばない。

それを身に着けて鏡の前に身を晒すと、見覚えのない自分自身が、困惑しきった複雑な顔をしていた。

第二十六章　島夏美《しまなつみ》は愛してるって言われたい。

フリーライドは許さない。

夜になって、僕は寝室に田代さんと島さんを迎えていた。

二人が身に着けているのは、布地の極めて少ないマイクロビキニ。

付き合いが良いというのか何というのか……島さんはそれで良いのだろうか？

実際、堂々と振る舞う田代さんに対して、島さんはモジモジと手で胸と股間を隠している。

部屋に入ってくるなり、田代さんはつかつかと僕の方へと歩み寄ってきた。

「監禁王……早く私を抱いてくれ！」

「ど、どうしたの？　積極的だね」

「うむ、今日は部活で少しばかりイラっとすることがあったのでな。お前に抱かれて、穏やかな気持ちを取り戻したいのだ」

島さんの方へ視線を向けると、彼女は「あはは……」と、人差し指で頬を掻きながら苦笑している。

(部活でってことは、新しいコーチ――クラウディアさんのお姉さんと何かあったってことかな？　でもまあ、話を聞くのは後だな)

彼女から積極的に迫ってくるなら、それを嫌がる理由なんてない。

僕はベッドから立ち上がって、田代さんと向かい合う。

陸上のセパレートユニフォームの形に日焼け跡。何度見ても引き締まった彼女の身体は美しい。

とりわけ、野生動物のように引き締まった脚が特に美しいと思う。

抱き心地という意味では、ふわふわプニプニの真咲ちゃんに軍配が上がるのだが、造形美という意味合いであれば、僕は彼女以上の肢体は見たことが無い。

そんな彼女の肌は、既に赤く上気していた。

興奮している。マイクロビキニの小さな布地の下で、乳頭が勃起しているのがわかるぐらいに。

「本当はひと時ですら離れていたくないのだ……監禁王」

彼女の手が背中へと回って、ギュッと身体を抱きしめられる。

温かな体温。押し付けられる形のよい胸。その感触が心地いい。

「愛する旦那さまよ。今夜も思う存分、可愛がってくれ」

田代さんの瞳は、わずかに潤んでいる。頬を上気させた顔は、いつも通り綺麗だったけれど、今日の彼女はいつも以上に可愛らしく見えた。

そっと彼女の唇が近づいてくる。

同時に彼女の背後で、島さんのゴクリと喉を鳴らす音が聞こえた。

「んっ……んんんっ……」

唇が触れ合った。柔らかで温かに湿った感触。

触れ合うだけの本当に軽い口づけだったけれど、そこからじんわりと幸福感が広がっていくのを感じる。

それはどうやら、彼女も同じだったらしい。

唇が離れると、彼女は「ふふっ」と微笑みながら、コツンと額に額をくっつけてくる。

「ああ……苛立ちが融けていくのがわかるぞ。愛する男との口づけは幸せそのものだな」

「大袈裟だなあ」

「やかましい。私を、こんな女にしたのはお前だぞ……監禁王」

ちょっとだけ責めるような表情を浮かべ、田代さんは再び唇を重ねてくる。

「ん、むちゅぅ……んっ……」

今度のキスは唇を重ねるだけでは終わらない。積極的に蠢く舌。彼女は僕の口腔へと、舌を差し入れてくる。

「んちゅっ……ちゅるるる、ふちゅ……ちゅっ、ちゅっ」

舌に舌が絡みついて口腔粘膜が蕩ける。二人の舌が混ざり合っていくかのようなディープキス。

唾液を流し込まれ、歯の一本一本を舐められ、唇をチュウチュウと吸われた。

田代さんは、口の端から唾液が零れ落ちるのも構わず、僕の唇を夢中になって貪り続ける。

「んふっ……はぁ……はぁ……」

やがて唇が離れると、唾液が白く糸を引き、彼女の切れ長の瞳が妖艶に細まった。

「もっと……もっと、チューしたいぞ」

「よろこんで」

まるでロケットスタート。田代さんは、完全に発情しきっていた。

強く彼女の背中を抱きしめる。伝わってくる体温が心地良い。

彼女の発情に中《あ》てられたのか、僕も身体が熱く火照っていくのを感じている。

その証拠に、股間が痛いほどに張り詰めていた。

再び彼女の唇を貪りながら、下着を押し上げている僕のモノを彼女の腰に何度も擦り付ける。

「んっ……んっ……」

すると、合わせるように、彼女も腰をくねらせ始めた。

(……ああ、堪らないな)

身体を撫でまわせば、吸い付くような肌の感触が気持ちいい。

キュッと引き締まった括《くび》れをなぞり、張りのあるお尻を揉みしだく。

「んふっ……んっ……ふっ……」

僕の手の動きに合わせるように、彼女は鼻に掛かったような吐息を漏らした。

そのままビキニブラの下へと手を差し入れて、捏ねくり回すように乳房を揉む。

「んあっ……んっ、んっ、んっ」

感じやすい敏感な肉体は、胸への愛撫にすぐに反応した。

「あ、あっ、あん、あ、あ、あっ……」

重ね合わせた唇が離れ、彼女の可愛らしい喘ぎ声が、歯列の間から零れ落ちる。

(日焼け跡が……エロいな)

男という生き物は、何より視覚で興奮するのだ。

日焼けした肌に、日焼けを免れた白い胸のコントラスト。

部活の健康的な日焼け。浅い小麦色。そして、とろんと蕩けたような彼女の表情。

普段は凛々しい彼女が喘ぎ乱れる姿を目の当たりにして、冷静でいられるわけがない。

「愛してるよ……」

愛おしい。その正直な気持ちを口にしながら、田代さんの首筋に唇を這わせる。

途端に、彼女の身体がビクビクビクッと震えた。

「わ、私もだ！　監禁王。私もお前を愛し……んぁんっ!?」

僕は彼女の言葉を遮るように首筋を吸って、淡い日焼け肌にキスマークを残す。

そのまま乳房へと啄《ついば》むようなキスを繰り返し、伸ばした舌で乳輪をなぞった。

「んくっ！　ふぁああっ！」

途端に、彼女の手が僕の頭を抱きかかえ、彼女は甘い吐息を漏らしながら背中を反らす。

「ひっ!?　あっ、あっ、あぁああん！」

柔らかな胸に顔を押し付けられながら、固くしこった乳首を舌先で転がしてやると、途端に彼女は激しい反応を見せた。

乳首はすぐに唾液まみれ。それでも執拗にそこを責め続けていると、顔を真っ赤にした田代さんが拗ねるように口を開いた。

「あ、赤ちゃんのようではないか……監禁王」

そう言われてしまえば、ご要望にお応えするしかない。

「ばぶー」

屹立した乳首に思いっきり吸い付き、赤ん坊のようにちゅうちゅうと音を立てて吸ってやった。

「あっ！　あっあっあっ……それっ！　いいっ、あはん、ああっ！」

途端に彼女の喘ぎ声が、一オクターブ高くなる。僕の頭を抱きかかえる腕に更に力がこもって、堪えきれないと言わんばかりに、彼女は僕の股間に、何度も何度も腰を押し付けてきた。

「じゃあ……もっと気持ちよくなろうか」

「……お、おねがいする」

僕は、ちらりと島さんの方へ目を向けると、『感覚共有《センスシエアリング》』を発動させる。

「ひっ……な、なんや、こ、これ！」

文字通り、感覚を共有させる機能である。初めて使う機能だが、どうやら上手くいったらしい。

島さんがビクンと身を跳ねさせるのを確認して、僕は田代さんをベッドの上に押し倒すと、胸だけではなく、全身にキスの雨を降らせた。

頬に、下乳に、脇に、括れに、へそに、太股に。

そして、僕は彼女の脚を割って、マイクロビキニのショーツをずらし、その花弁を凝視する。

「あ、あまり見ないでくれ……わ、私だって、は、恥ずかしいのだ」

両手で顔を覆う田代さん。対して彼女の秘裂は淫らなまでに花開き、愛液を滴らせながら、僕のことを求めていた。僕は彼女の脚の間に跪き、可憐な花弁に口づける。

「ああっ!?　そ、そこは、ダ、ダメだ！」

ビクンと彼女の身体が跳ねて、腰が逃げようとした。

だが逃がさない。しがみつくように彼女の腰に手を回し、先ほど乳首にしたように、何度も田代さんの膣口にキスをする。

「はっ！　んんっ、ひぁっ！　か、監禁王、あっ、あっ、あっ！」

左右に首を振りながら身悶える田代さん。

そんな彼女の喘ぎ声に、もう一つの喘ぎ声が重なった。

ちらりと目を向けると、島さんが股間を片手で押さえながら床の上に崩れ落ちて、切なげに指を噛んでいる。はぁはぁと吐息を漏らしながら、彼女は絨毯の上で身を捩っていた。

田代さんも島さんも、どちらも狂わせてやりたい。

もっともっと感じさせてやりたい。

胸の奥から、そんな欲求が止めどもなく溢れ出てきた。

僕は伸ばした舌で、目の前の肉襞《にくひだ》の一枚一枚を丹念に舐め上げる。

少し塩気を含んだ愛液の味。いやらしい甘さが口の中に広がっていくのを感じながら、乙女の園を嬲りに嬲ってやる。

すると、秘裂の端で陰核が次第に勃起していくのが見えた。

小指の先ほどに大きくなったそれが、もっともっと辱めて欲しいと主張していた。

「ひっ!?　ダ、ダメだ！　や、やめてくれ！　そ、そこは刺激が、刺激が強すぎるのだ！　あんっ、あ、あああ、あああっ！」

指先で包皮を剥いて陰核を転がすと、田代さんは陸に打ち上げられた魚みたいに、ビクンビクンと身を跳ねさせる。だが、やめてやるつもりなんてない。

「ほら、もっと感じちゃえ！」

「んぁっ!? あ、あ、あ、あっ！ や、やん！ あっ、すごい、すごいぃぃい、あっ、あ……」

指先で抓るように陰核を扱いてやると、秘裂からジワッと愛液が溢れ出た。

(まだまだ！ もっと、もっとだ！)

今度は陰核を唇で摘まみ、舌先を絡ませてやる。

「ひぁあああああああああああああっ!?」

途端に田代さんは、目を見開いて身を仰け反らせた。

感じてる。すごく感じてくれている。あの田代初を僕が感じさせている。それが嬉しい。

僕は気を良くして、更に舌で陰核を締め上げ、舐め上げた。

それと同時に、指で肉襞を撫で上げ、遂には膣内へと指を挿入する。

「はぁっ、はっ、んんっ、あぁああっ!?」

まるで別の生き物のように、指先に柔らかな肉が絡みつく。生々しい感触に言い知れぬ心地良さを覚えながら膣壁を擦り、指先を曲げて、臍《へそ》の下辺りを断続的に突き上げた。

「な、なぁっ!? すごいっ！ そこ、凄く感じるぅう、だ、ダメだ、そこは、よ、良すぎるのだっ、あっ、ひぃいいぃいい！」

Gスポット責めの劇的な反応に、僕は膣中の愛液を全て掻き出すような勢いで激しく指を動かし、クリトリスを引きちぎるかのように吸い上げた。

「ひぃいっ!? あっ、あっ、と、と、止まってくれ、い、イク、このままじゃイクっ！　イってしまう。指じゃイヤだ。イヤなのだ！　わ、私はお前のその立派なモノでイキたいのだっ！」

「立派なモノじゃ、わからないな。田代さんは何が欲しいのさ？」

「うっ……お、おち○……ちんが欲しい……」

「おち○ちん？　そんな子供みたいな言い方じゃあげられないな。ちゃんと教えただろ？」

「うっ、むぅううう！　今日の監禁王は意地悪だ。くっ……ち○……ぽ、ああっ！　もう！　ち○ぽだ！　ち○ぽ！　おまえの立派なち○ぽを、わ、私に突き刺してくれっ！」

顔を真っ赤にして卑猥な言葉を喚き散らす彼女の姿は、あまりにも可愛すぎた。

「よく言えました」

僕は彼女の上に圧《の》し掛かり、口づけしながら、膣口に僕のモノを宛がう。

途端に、部屋の隅の方から「あぁ……来るっ、挿入《はい》ってくる」という島さんの呻くような声が聞こえてきた。

僕は田代さんの身体を押さえ付け、舌で彼女の舌を絡めとりながら、僕のモノを彼女の膣内へと挿入していく。

肉襞を左右に押し開きながら、ずぶりずぶりと埋まりこんでいく肉棒。

「んんっ、んんんんんっ！　んんんんひっ！」

「ひぃっ、挿入《はい》って、き、きたぁああ！　あん、硬いっ、熱いっ、あっ、あっ、あっ！」

唇を塞がれたままの田代さんがくぐもった嬌声を漏らし、背後で島さんがどこか喜色の混じった喘ぎ声を上げる。

熟れに熟れた田代さんの肉体は、待ちに待った肉棒の挿入にビクンビクンと悦びの悲鳴を上げた。

ぎゅっと収縮を始める肉の壺。深く付き込めば、尖端が子宮口に当たる。

「あ、当たってる。チ○ポが奥に当たってるぅっ！」

唇を離すと、田代さんが目を見開きながら必死に声を上げた。

「田代さんの子宮が僕のモノに吸い付いてるよ。なんだ、そんなに欲しいの？　そんなに孕まされたいの？」

「は……孕まされたい。監禁王にびゅっびゅされてママになる。わ、私の膣内《なか》にいっぱい射精《だ》してくれっ。愛している。愛してるのだ、監禁王、いっぱい、いっぱい、ほしいのだ」

「じゃあ、たっぷり犯してやるからな」

僕は腰を突き出してグリグリと子宮口を圧し潰す。そして激しくピストン運動を開始した。

「おっ、おっおっおっ、おぉおおおっ、き、きたっ!?　は、激しっ、チ○ポ！　チ○ポすごいっ！　お、奥まではいってぐるのぉおお！　んっ、んひぃいいい！」

彼女は何かを求めるように宙を掻いた後、溺れる子供みたいに必死に僕にしがみつく。

「あぁあああっ、チ○ポいいっ！　あん、チ○ポさいこぉ！　しゅごぃいい、こ、こんなにょ、ぁああああああっ！」

激しく腰を動かしながら、僕は彼女の目を見つめる。

その目は、快楽にだらしなく蕩け切っていた。

「田代さん……いや初、愛してるよ」

「ああっ、わ、わらしも、あいしてゆ、あいしてゆからイっちゃう、あいしてゆ、らいしゅきらぁ」

愛しくて仕方がない。胸の奥からそんな想いが溢れ出てくる。

僕は、彼女の身体を強く抱きしめると、ラストスパートをかけ始めた。

ギシギシと軋むベッド。激しく身を跳ねさせて、僕は彼女の身を貫かんばかりに奥を突き込む。

「んひぃいいいい！　あんっ、あ、あ、あ、あ、い、イグっ、もうイグぅううう」

そして、彼女が絶頂を迎えようという、まさにその瞬間——

僕は『感覚共有《センスシエアリング》』を切った。

「え？　え？　な、なんでや……」

途端に、それまでBGMのように聞こえていた島さんの喘ぎ声が途切れて、乱れた呼吸の中に戸惑いの声が混じる。

一方、田代さんは順調に絶頂への階《きざはし》を駆け上がっていった。

「あっ！　あっ！　あっ！」

ひと突きごとに高くなっていく喘ぎ声。やがて——

「イ、イグっ！　イ、イクぅううううう！」

「くっ！」

田代さんは身を強張らせながらジタバタと身を暴れさせ、膣内がぎゅぎゅぎゅっと、僕のモノを締め上げて、一気に精液を絞り出した。

びゅっ、びゅるるるるっ！　びゅるるるるっ！

「うぁっ、出てりゅ、びしゃびしゃ出てりゅぅ！　熱いっ！　熱いぃ！　しゅごぃいい、孕ましゃれてるっ、わらしの子宮にしみこんでくりゅうう、あ、らめ、イクっ、またイグっ、イギっぱなしになっぢゃううううぅううう」

絶頂の海に溺れる田代さん。彼女は歯を食いしばり、大きく身を仰け反らせたかと思うと、そのまま力尽きるように、ベッドへと沈み込んだ。

「はぁ……はぁ……」

全てを彼女の胎内へと出し切って、僕は乱れた呼吸のままに彼女の胸の上へと倒れこむ。

「き……きもちよかったぞ……監禁王」

「僕もだよ」

僕は田代さんの胸に頬を預けながら、ちらりと島さんの方へと視線を向けた。

「さて、それはそうと……いつまでも快感にタダ乗りさせておくのも……ね」

そう口にすると、田代さんはクスリと笑う。

どうやら彼女は、最後の最後で『感覚共有《センスシェアリング》』を切ったことに気付いているらしかった。

「悪い男だ……お前は」

「嫌いになった？」

「わかり切ったことを聞くな……好きすぎて困っている」

僕は田代さんの唇に軽くキスをすると、彼女からペニスを引き抜く。そしてベッドを降り、床の上に座り込んだまま、戸惑いの表情を浮かべている島さんの方へと歩み寄った。

✖ベッドの中心で「堪忍して」と叫んだ獲物

「はぁ、はぁ、はぁ、はぁ……」

おかしくなる。そう思った。

あと一突きで絶頂する。そんなところで放り出されてしまったのだから、堪ったものではない。

お腹の奥で行き場を失った欲望が、ジンジンと熱を放ちながら渦巻いていた。

それなのに、自分ではどうすることもできない。

(こんなん……酷すぎるやろ)

ベッドを降りてこちらへと歩み寄ってくる木島に、ウチは思わず恨みがましい目を向けた。

「僕のモノ……欲しい？」

ウチは、黙って木島を睨みつける。

(わかってるくせに、ウチをいたぶる気や、コイツ。ホンマ腹立つわ……)

「へー……要らないんだ？」

ぷいっと顔を背けるも、木島はギンギンに張り詰めたグロテスクな肉棒を、ウチの目の前へと突き出してきた。

鼻先をくすぐるオスとメスの体液の匂い。

臭いのにもっと嗅ぎたくなって、知らず知らずのうちに喉が小さく波打つ。

「ふーん……そうか。じゃあ、もう一回田代さんを可愛がってあげることにしようかな。島さんは要らないみたいだし。あ、もちろん、今度は感覚を繋げたりもしないよ」

思わず、奥歯を噛み締めた。

こんな生殺しのまま放り出されたくない。腹が立つけど、我慢なんてできっこない。

もう、この男には逆らえない。

「……ほしい」

「聞こえないな」

「……欲しいっちゅうとるやろ」

「何が？」

「うぅ……き、木島のチ○ポが……ほ、ほしいねん」

「じゃあ、島さんも僕のモノになるってことだよね？」

「……え？」

「だって、そうでしょ？　浮気はダメだよ、浮気は。僕のモノは僕の女の子たちのモノ。島さんは田代さんの従者であって、僕の女の子じゃないからね」

「そんな……」

戸惑うウチの鼻先に、木島はチ○ポの先端を突きつけてきた。

赤黒い亀頭の先端で雫が滴っている。

その生々しさに、ウチの目はくぎ付けになった。

「島さんも、僕のモノになってくれるよね？」

木島は調子に乗って、肉棒を頬にぐりぐりと押し付けてくる。腹立たしいのに、その生々しい熱さと匂いで頭がぼうっとしてくる。そして、遂にウチは頷いてしまった。

「ええよ……ウチは……あんたのモン……や」

木島の口の端がニヤッと歪む。

途端に、取り返しのつかないことを言ってしまったんじゃないかと怖くなった。

「じゃ、夏美……可愛がってあげるからね」

木島は、溢れ出た先走りをウチの頬に塗りたくると、そのまま頬から唇へと亀頭を滑らせてくる。

「んむっ!?」

強引に唇を割って、肉棒が口の中へと侵入してきた。

生生しい味、鼻へ抜けるオスとメスの体液の匂い。舌に触れる浮き上がった血管の凹凸。

(あ、あぁ……太い……逞しい)

気が付けば、ウチは卑しく唇を窄《すぼ》めていた。

だらしなく頬が弛《ゆる》んでしまっているのがわかる。

はずかしい。まるで哺乳瓶を咥えた赤ん坊みたい。いや、そんな可愛いものじゃない。

グロテスクに血管の浮き出た陰茎。この世で一番いやらしいものを咥えながら、屈服した牝顔を晒しているのだから。

でも、もう自分ではどうすることもできなかった。

絶頂直前で寸止めを喰らった身体は、自分でも制御不能なほどに飢えている。渇いている。

「んちゅ……えらぁっ……ふぁっ……れろれろっ、じゅぷっ、じゅぷっ、ぬぷっ……」

口に含むが早いか、ウチは淫らに舌を蠢かせ、頭を前後させる。たちまち亀頭の上で先走りが泡立った。

(アカン……こんなん、躾けられた犬みたいやないか……でも、なんでや、なんでやめられへんのや……あ
あ、好きや、ウチ、これ好きなんや)

頬がこけるほどに吸い付きながら、唇の周りを淫汁塗れにして男の陰部を舐《ねぶ》っている。

その自分の浅ましさに、ウチは酷く興奮していた。

「夏美は、おいしそうにしゃぶるね」

(見んな、見んといて……くやしい……でも、やめられへん……)

悔しさのあまり、目尻に涙が滲む。それでも、欲望はウチを追い立てた。

「ぢゅっ、ふぅんっ……ぢゅぼっぢゅぼっ、ぢゅぼっ、ぢゅぼっ……」

頭を前後に激しく振り立てれば、淫らな水音が響き渡った。

口の中で泡立つ男の体液。鼻を抜ける淫らな臭いに、頭の芯がジンと痺れていく。

「うぅん……むふっ……むぅぅ、んちゅっ……」

自分の中で、このグロテスクなものへの愛着や、それを気持ちよくさせているという誇らしさの入り混
じった複雑な感情が膨らんできて、悔しさや嫌悪感をどこかへ追いやっていく。

「うっ……夏美、上手いよ」

頭を撫でられると、嬉しさに身体が震えた。

(なにを喜んでんねん、ちゃうやろ、ウチ……アカンて)

理性が抵抗しようとするも無駄。身体が心を裏切り続けている。

肉棒を咥えたままなせいで、唾液が引っ切り無しに滴り落ちた。

涎まみれの顔の上で、表情筋が勝手に緩んで笑顔を形作ろうとしている。

(こ、こんな無様な顔……口にチ○ポを突っ込まれて、嬉しそうな顔してるやなんて、とんだ変態女やないか……)

理性は、もはや弱々しい。

欲望は暴走して、もっと、もっと、この男を気持ちよくさせてやりたいと、そう主張していた。

「んぁっ……」

いやらしく舌を伸ばして雁首、その傘の下をなぞり、咥え込んでは頬の内側で亀頭を擦り上げる。

先端の裂け目を舌で突《つつ》いて、彼がビクンと身を震わせた時には、胸がときめくような気さえした。

ペニスを深く呑み込めば、根元に繁る陰毛が鼻先をチクチクと刺激する。その下品さもまた興奮材料になって、気が付けば、頬を伝って涙が滴り落ちていた。

苦しみの涙ではなかった。興奮の涙、感涙と言う言葉には抵抗があるが、たぶんそれだ。

(アカン、こんなん……ウチ、もう……ホンマに変態女になってしもた)

男のチ○ポをしゃぶって、嬉し泣きするなんて絶望的やと……そう思った。

だが、そんなウチの胸の内などお構いなしに、木島は鼻息も荒く声を漏らす。

「すっごくエロい顔してるよ、夏美。……興奮する」

そのまま我慢できないと言わんばかりに、何の遠慮もなく喉の奥を突き上げてきた。

「んぐぇっ……えぐっ……おぇっ、おっ、おぇっ、えええぇぇぇっ！」

(無茶苦茶や、死ぬ！　チ○ポに殺される！)

どれだけ、えづいても勘弁してくれない。

苦しげに視線で訴えれば、木島はますます興奮して勢いづいた。

興奮のままに、彼はウチの髪を乱暴に掴む。

短い髪をギュッと掴まれて、頭皮に激痛が走った。

痛みに、思わず口を窄めるとそれが気持ち良かったのか、この鬼畜は、何度もそれを繰り返す。

そして、リズミカルに腰を叩きつけてきた。

「いくぞ！　オラッ！　オラッ！」

「むぅうう！　あむぅうっ！　おごぉっ！　ぼげぇっ！　えっつごぉおっ！　おごぇぇっ、ぇおっ！」

喉奥を滅多刺しにされて、その苦しさに涙が溢れてくる。それでも必死に耐えていると、口の中でチ○ポがより一層大きく膨らむような感触があった。

(イクんか!?　だ、射精《だ》されてまうんか、口の中に……)

腰の動きが一層速くなる。加速する肉槍の抜き差し。知らず知らずの内に、ウチは口を窄めて、その瞬間を待ち受けていた。

「夏美！　射精《で》るぞ！　零すな！」

――零すな。

その一言が、ウチにはなぜか絶対の命令のように思えた。

口の中で、肉棒が激しい脈動の末に破裂する。

喉奥目掛けて迸《ほとばし》る白濁液。

「むぅっ、むごぉおぉっ!?」

そのあまりの量に、ウチは目を白黒させた。

鼻へと逆流した精液が、鼻汁とまじりあって垂れ落ち、あまりの浅ましさに気が狂いそうなほどに恥ずかしくなる。

(苦しい……溺れる。でも、全部飲み込まなあかん。零したらあかん……)

そんな思いにかられて、ウチはチ○ポを咥えこんだまま、必死に耐えた。

「う、うぅっ……いいぞ、夏美っ！」

上目遣いに見上げれば、木島は頬を歪ませて苦悶の表情。

やがて、吐精がひとしきり止んで、ウチがちゅるるっと尿道の中に残っている分を吸い上げ終わると、木島はウチの口から満足げにチ○ポを引き抜いた。

口の中は精液で一杯。油断すると、口角から精液が滲み出そうになる。

目を瞑って呑み込もうとするも、喉に引っかかってうまく呑み込めない。

青臭くてドロドロで、生温くて苦い。最悪の味。

最悪やと思うのに、なぜか飲み込んでしまうのが、惜しくて惜しくて仕方がない。

今日ウチは、自分自身にずっと裏切られ続けていた。

生臭い白濁液を全て嚥下し終わると、ウチは浅ましくも口の周りに張り付いた精液の残滓に舌を伸ばす。

木島は、その様子を眺めながら、満足気に頷いた。

「随分、僕の精液がお気に召したみたいだね」

「……そんなことあるかいな。マズいもん飲ませよって」

「それは、別の口で味わいたいってことかな？」

木島はこれ見よがしに、再びウチの眼前に肉棒を晒す。

ウチの涎と精液に塗れて、ねっとりとした光沢を湛《たた》えるそれが、射精《だ》したばかりだというのに全く衰える様子もなく、天井を向いて反り返っていた。

（もう、この男の言いなりになるしかないんか、ウチ……）

何でこうなった？　どこで道を間違えた？　ウチにも人並みに恋愛への憧れぐらいはある。デートして、キスして、二人で照れながら初めてを交わし合って……。

それが今となっては、木島にチ○ポを見せつけられただけで、下腹がどうしようもなく疼いてしまうような、ド変態女に堕とされてしまった。

初ちゃんと快感を共有させられたせいで、木島のあのグロテスクなモノが、どれだけ気持ちいいのかを思い知らされてしまったのだ。

（こんな寸止め……耐えられるわけないやん）

そして、ウチは木島の足に縋りついて、惨めに懇願する。

「き、木島ぁ……ウチもうアカンねん……欲しい。アンタの逞しいのん……欲しいねん」

「いいよ、夏美も僕のモノだからね」

手を引かれてベッドに連れて来られた時には、ウチは、もうフラフラだった。

限界だった。早く、イきたくて、イきたくて、もう少しも我慢出来なかった。

「欲しかったら、自分で入れてごらんよ」

だから、木島がそんなことを言いだした時も、ただ頷くことしかできなかった。

ベッドの上には、股間から精液を溢れさせた初ちゃんが、ぐったりと横たわっている。

幸せそうに蕩け切った顔をしていた。羨ましすぎて、嫌いになってしまいそうだった。

木島は彼女の隣に横たわると、ウチに「跨《また》がれよ」と促す。

木島を跨いで立つと、ぬめぬめと赤黒い亀頭から饐《す》えた匂いが立ち上っている。クラクラした。

ふらつきながら、ウチはゆっくりと木島の上へと腰を下ろしていく。

そして、ウチのアソコが木島のモノの先端に触れた途端、ゾクゾクゾクッ！　と、電流のような快感が背筋を駆けあがってきた。

（やっと、これでやっと……満たされるんや、イケるんや……）

頬を引き締めようとしても、表情が笑み崩れるのを止められない。

（はぁ、はぁ、チ○ポ……チ○ポ……挿《い》れる、挿《い》れるんや）

頭の中にはもう、木島のチ○ポを挿《い》れた時の気持ち良さしか思い浮かんでこない。

ウチは尖端を膣口に宛がうと飢えた獣みたいに……まるでがっつくように、木島の上へと一気に腰を落とした。

だが、その瞬間――

「痛っっっっっっっっつつつたぁあああああ！」

――ウチは、絶叫した。

ブチブチブチッ！　と、何かが千切れる感触。身体が真っ二つに裂けたかと思った。

痛みのあまり木島の腹を殴りつけ、ヤツの「あぅふぁっ!?」と呻く声が、暗い部屋に響き渡った。

(忘れてた。処女やん。ウチ……思いっきし破ってしもたやん。そら痛いがな)

ついさっきまでチ○ポを挿《い》れられていたと、そう錯覚していたのだけれど、それは初ちゃんが感じた快感を一緒になって感じていただけ。

(なんやねん、これ。めっちゃ痛いやん！　シャレにならんぐらい痛いやん！)

今もジンジンと痛んで、とてもではないが動けるような気などしなかった。

それでも膣を押し広げてくるこの圧迫感に、身体が歓喜に震えている。早く、早くイキたいと欲望が急かしてくる。動きたい。でも動くと痛い。

(……どないせえっちゅうねん)

「くぅううううううっ……」

あまりの痛さに、ウチが眉間に皺を寄せて蹲っていると、木島が手を伸ばしてきて、ウチの頭をそっと撫でた。

「大丈夫？　無理しなくてもいいから……」

その瞬間――カチンときた。

(何を、ええ人ぶっとんねん！)。

気が付いたら、ウチは木島の髪を引っ掴んで怒鳴り散らしていた。一言で言えば、キレた。

「うっさいわ！　誰のせいや思とんねん、あぁっ！　ウチはイキたいねん！　ズコバコヤりたいねん！　お前が焦らすのが悪いんじゃ、ボケ！　どないしてくれんねん！　あぁっ！　責任取れや、コラ！　アホ！　ボケッ！　カス！」

「お、おぅ……」

木島は、頬をピクピクと引き攣らせながら頷く。

そして、彼は「ト、トーチャー頼むよ」とそう呟いた。

次の瞬間、唐突にウチのお腹の辺りが温かくなる。そして、しばらくすると痛みが完全に消えていた。

「あ、あれ？　な、なんや？　い……痛くない？」

ウチが困惑しながらお腹を擦《さす》ると、木島がホッとしたような顔をする。

「大丈夫そうだね。それに、責任はちゃんと取るよ」

「責任取るて、どうやって……」

「決まってるだろ。夏美ももう僕のモノだからね。ずっと大切に可愛がってあげるから」

「……う、うぅっ、アホ」

真顔でそんなことを言われたら、急に恥ずかしくなってくる。

(でも……せやったら、初ちゃんとおんなじ扱いしてほしい)

「じゃ、じゃあ、ウチにも言うてぇや……」

「何を?」

「そ、その……さっき、初ちゃんに言うてたみたいに、あ、愛してる……って」

消え入りそうなほどに、尻すぼみに小さくなっていく声。

(何を言うてんねやろ、ウチ……恥ずかしい)

思わず顔を伏せたその瞬間、木島がガバッと身を起こして、ウチの身体を抱きしめる。そして耳元に囁きかけて来た。

「愛してる。夏美、愛してるよ」

「うあっ……あ、あ、は、はずか、うぁ……」

途端に、ただでさえ上気していた顔が、茹だるように熱くなっていく。

(アカン、こんなん、アカン! 死ぬ! はずか死ぬ!)

ウチが、こんなに一杯いっぱいになっているというのに、木島は興奮しきった様子でいきなり腰を動かし始めた。

「あひっ! ひゃっ……い、いきなり! は、はげしぃ! あんっ!」

「そんな可愛いこと言われて、我慢できるわけないだろ!」

抱きしめられる形の対面座位。

胎道を突き上げてくる肉棒の威力に、恥ずかしさにのぼせかけていた頭の中が、一気に快楽へと引き戻される。

「夏美は、僕のこと愛してる？」

「わ、わからへん、わからへんけどっ！　あんっ、愛してるって言われたら、あ、あ、あ、う、うれし、うれしぃいいぃぃ！」

ウチはもう無我夢中。M字開脚の体勢で、自ら跳ねるように必死にチ○ポに腰を打ちつけた。

膣肉が嬉しそうに震える、膣の中を木島のチ○ポが往復する度に、ものすごい快感が背筋を駆け上がってくる。

（はしたないのはわかってるけど、もう止められへん！　売女でもビッチでも好きなように呼んだらええ！この快感のためやったらもう、なんでもええ！）

ウチがチ○ポを必死に擦り上げると、木島が呻くような声を漏らした。

「くっ、締まるっ……チ○ポがもぎ取られそうだ。そんなに欲しかったのか？」

「ほぉっ、ほぉっ！　欲しかったぁ！　欲しかってん！　うっ、ひぃいいいいっ！」

その瞬間、後頭部で火花が爆ぜた。

子宮口が、深く突き刺さった肉棒に押し潰されて、甘い快感を放ちながら拉《ひしゃ》げ、黒目がぐりんと上を向くのが、自分でもわかる。口から溢れ出た涎が、顎へと滴り落ちる。

脊髄に電気を流されたようなショックに、思考が白く溶けた。

「ふひゃぁっ……ひぁっ……へぁっ……ぁあっぅっぁぁぁ」

意識が飛びそうになっているウチの耳元で、木島が囁く。

「イクときは一緒に……ね」

そして惚けきっていたところに、とどめとばかりの苛烈な抽送。火を噴くようなピストン運動が、ウチを快感の坩堝《るつぼ》へと叩き込んだ。

「ひぁっ……ひぎぃいいいい、しゅごいぃぃ、か、堪忍してぇ、堪忍してぇ！　こ、こんなんアカン、アカァァァアアアン！」

ガスの充満した部屋でマッチを擦るがごとき爆発的な快感に、ウチは木島に必死にしがみつき、身も世もなく身を捩った。

そして、快感の頂《いただき》へと到ろうとした、まさにその瞬間――

「くっ！」

木島の呻きが耳朶を打って、お腹の奥で精液が一気に溢れ出した。

びゅっ！　びゅるるるるるっ！　びゅるるるるっ！

快感のオーバードーズ。子宮に熱い精液を噴きかけられたら、もはや喘ぎ狂うしかない。

もはや、どっちが上で、どっちが下かもわからなかった。

ウチは必死に髪を振り乱し、声を嗄らして絶叫する。

「イ、イクゥうううう！　イッくぅうううううう！」

そして、ペニスの脈動を胎内に感じながら、ウチは木島の上へと倒れ込み、そのまま意識を失った。

×××

島さんが僕の胸の上に倒れこむのとほぼ同時に、例の男だか女だかよくわからない電子音声が、部屋の中に響き渡った。


『島夏美の状態が『屈従』へと変化しました。それに伴い、以下の機能をご利用いただけます』

『・部屋作成レベルMAX——部屋数の制限が解除されました』

『・家具設置レベル9——国宝級の家具を設置できます』

『・特殊施設設置（監獄）——壁の一面が鉄格子の部屋を設置できます』

『・搬入口《キャリーインエントランス》——大型の物品を運び入れるための搬入口を設置できます』


何だか微妙な機能だ。大型の物品と言われても、ちょっと想像が付かない。

だが今回、部屋の作成可能数が上限に到ったことで、レベルのある機能の上限値が、レベル一〇であることがわかったのは意外と収穫かもしれない。

僕は、島さんから肉棒を引き抜くと、彼女の身体の下から抜け出した。

幾分肉付きの薄い、その身体を仰向けにベッドに横たわらせると、彼女の股間からたらりと血混じりの精液が滴り落ちる。

僕は田代さんと島さん、並んで横たわる二人を見下ろして、軽く肩を竦めた。

（まさか、島さんがあんなキレ方をするとは……）

僕は、田代さんに対する献身的な姿勢から、島さんにはMっ気がある。そう踏んでいたのだ。

だから、わざと高圧的な態度で接してみたのだけれど、まさか腹パンを食らわされた上に、ガチギレされるとは思わなかった。

結局、島さんがMなのかSなのか、よくわからないまま。

とりあえず心のノート。その島さんのページには『キレると怖い』と、だけ書き込んでおく。

その上で僕は、島さんの僕のハーレム内でのポジションについて考え始めた。

自分でも結構意外なのだけれど、僕はこの島夏美という女の子を、かなり気に入っている。

容姿は正直に言って、黒沢さんや田代さん、真咲ちゃんには到底及ばない。

胸の大きさだって、藤原さんよりはマシという程度だ。

それでも一緒にいて一番楽なのは、実は島さんかもしれないと、本気でそう思い始めている。

そういう意味合いで言えば、『寵姫』の扱いにしてもいいのかもしれないけれど……まだ状態は『屈従』なわけだし、とりあえずは、けーちゃんたちと同じ『準寵姫見習い』ぐらいが妥当なんだと思う。『寵姫』に引き上げるかどうかは、また改めて検討ってところだろう。

僕が、そんな結論に落ち着いた頃、田代さんが「う……うぅん」と、声を漏らして瞼《まぶた》を擦った。

彼女は、ぼんやりとした目つきのまま、隣に横たわっている島さんの方を眺める。

「ああ……島も手籠めにしてしまったのだな。悪い男め」

「否定はしない」

「そういう悪い男に目を付けられてしまったのだから、仕方がないな。私も……島も……」

田代さんは苦笑しながら、島さんの手を握った。

「仕方がないとか言う割には、なんだか嬉しそうに見えるけど？」

「否定はしない。自分が好ましいと思うモノを親友にも好きになって欲しいと思うのは、当然の感情だろう」

本とか映画とかアイドルの話ならそうなんだろうけど、好きになった男を共有できて嬉しいという感覚は、僕には正直理解しがたい。

僕が、どう答えたものかと戸惑っていると――

「……好きかどうか言われたら、正直困るわ」

――突然、島さんが口を開いて、僕と田代さんは思わず目を見開く。

「起きたのか、島」

「うん、まあ……ちょっと前から」

（……良かった。寝てる間に変なイタズラとかしなくて、ホントに良かった）

またキレられたらと思うと、正直怖い。

だが、ホッと胸を撫で下ろす僕をよそに、島さんは弱々しい微笑みを浮かべて、言葉を連ねた。

「で、嫌いやないぐらいにしかよう言わんけど……ま、木島がウチの運命の相手やいうのは……その……納得はできる」

「ちょ、ちょっと待て、島。運命の相手というのは、聞き捨てならないぞ」

「しゃーないやん。そうとしか思えへんし。一年の時、三回席替えがあって、三回ともウチの隣は木島やったなーって……ウチら、やっぱ離れられへん運命なんやなって」

「くっ……なんだ、そのうらやまエピソード。自慢か？　自慢なのか？」

「まあ、一年生の時、木島と同じクラスやったの覚えてなかった初ちゃんにしてみれば、そうかもしれへんなー」

「くっ!?　島ァ……きさまァ」

唐突にマウントを取り始めた島さんに、田代さんは「ぐぬぬ」と歯噛みする。

「えーと……親友なんだよね、キミたち？」

思わず問いかけた僕に、島さんはケロリとした顔でこう言い放った。

「せやで。でも、それはそれ、これはこれ。初ちゃんとも正妻争いしていかなあかんのやったら、今の内にきっちり牽制しとく方がええやろ」

途端に、田代さんが声を上げた。

「監禁王！　今すぐ私を抱いてくれ！　こ、このバカに女としての格の違いを見せつけてやる！」

「バカ言うなドアホ！　今まで初ちゃんは散々可愛がってもろてんやろ！　ここからはウチのターンや！　木島はウチにとっては初めての彼氏やねんから！」

「ふざけるな！　お前は今抱かれたばかりではないか！　次は私の番だ！」

ぐぬぬと角を突き合わせて睨みあう二人に、僕としては呆れざるを得ない。

（おいおい、大丈夫か、女の友情……）

「その……じゃあ、まあ……二人とも仲良く……ね」

とりあえず二人を平等に扱うには、これしかないと……僕は『直列二亀頭《タンデムツイン》』を発動させた。

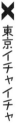

第二十七章　金谷千尋《かなやちひろ》は復讐を希《こいねが》う

×東京イチャイチャ

二十四時間営業のボーリング場。

レーン脇のゲームコーナーで、ボクとお姉ちゃんはエアホッケーゲームに興じていた。

時刻は、二十一時を回ったところ。

スコアは正直気にしていない。

大体にして、ボクがお姉ちゃんに勝てる道理なんてないのだ。

そもそも運動神経は段違い。その上、お姉ちゃんが能力を発動させたら、もう誰も勝てやしない。そして最悪なことに、お姉ちゃんはかなり大人げないのだ。

「で……なんで、フミオが怪しいと思ったわけ？」

ボクは、そう問いかける。

お姉ちゃんにではない。隣の台で、女の子とエアホッケーに興じているロン毛の男にだ。

夏用の薄手の半袖パーカー、フードを被ったそいつは手を止め、媚びるような笑顔を浮かべる。

「そりゃ……怪しいなんてもんじゃないでしょうよ。ちょっと前までただのいじめられっ子だったってのに、あれよあれよという間に、あいつを虐めてた連中は落ちぶれて、女はみーんなアイツに靡《なび》いちまったんですから」

「まあ……モテるタイプではないよね、どう見ても。でも……それだけ？　ただのモテ期かもしれないじゃん」

「モテ期ねぇ……まあ、木島のヤツがどうとかは別として、実際に俺はどこかに攫われて、そこで酷い目にあったわけで。陸上部の事件も同じなんじゃないかってことです」

「豚の化け物だったっけ？」

「ええ……思い出したくもありませんけど」

この、見るからに軽薄そうな男の話には嘘が多いけれど、豚の化け物のくだりは嘘じゃない。

そもそも、こんな嘘だらけの男の話に乗った理由は二つ。

ネットで話題の『神隠し過ぎ事件』を解決して、ボクたち探偵ＪＫの名を更に世間に轟かせるチャンスだってこと。

そしてもう一つは……この男の話から『悪魔』が絡んでいるらしいとわかったからだ。

天使の祝福を受けた者としては、見過ごすわけにはいかない。

「陸上部も同じってのは、たぶん正解だね。実際、陸上部はほぼ全員、その誘拐犯の手に落ちてると思っていい。君みたいに思い出せないのか、口を封じられてるのかは知らないけれど、なんらかの精神支配を受けてると思って間違いないだろうね」

「そんな⁉」

声を上げたのは、立岡と対戦していた女の子。ツインテールが可愛らしい、中学生ぐらいにしか見えない小柄な女の子だ。彼女は、立岡の妹なのだそうだ。

「り、陸上部にはお友達がいるんです。さとちゃんとか、白鳥先輩とか、けーちゃんさんとか……」

「ふーん……」

ボクは、思考を巡らせる。次の一手をどうするか。

お姉ちゃんには、ポニーテールの陸上部部長の監視をお願いしてある。彼女は黒。真っ黒。どこかで犯人と接触するタイミングがあるはずだ。

そして、この妹ちゃんに今、名前の挙がった子たちを探ってもらうというのも悪くない。

でも、僕が一番会っておきたい人物は他にいる。

「罪をなすりつけられた女の人、神島杏奈って言ったっけ？　どう、居所わかりそう？」

すると、立岡は肩を竦めて、首を横に振った。

「わかんないっス。ただ……その妹の居所は突き止めてあります。隣県の『シーサイドバウンド』って、ガールズバーで働いてます」

「ふーん……じゃ、まずはその妹ってのに、会いに行ってみようかな」

×××

夏休み二日目。

僕は、朝のラジオ体操を済ませてシャワーを浴びた後、『再訪《リヴィジット》』で駅へと降り立ち、新幹線の上りホームで黒沢さんと合流した。

「おっはよーフミくん！」

トランク片手に駆け寄ってくる彼女は、大きめのサングラスにオフショルダーのトップス、ハイウエストのタイトパンツといった出で立ち。

流石モデルさんというべきか、私服姿の彼女は、気後れするぐらいお洒落に見えた。

「おはよう、黒沢さん……なんていうか、めっちゃ可愛いね」

「えへへ……フミくんとの東京旅行だもん。そりゃ気合いもいれちゃうよ」

「旅行って……撮影でしょ？　黒沢さんの」

そうなのだ。今回の東京行きの目的は、黒沢さんのティーンズ誌の撮影。その付き添いである。

「いーじゃん。今日と明日はアタシがフミくんを独り占めできるんだもん。旅行ってことにしとこうよ、ね、ね！　ほら、もうすぐ新幹線出ちゃうから」

そう言って彼女は、僕の手に腕を絡ませると停車している新幹線へと歩き始める。

座席は一般車両の最後列、黒沢さんは、僕を二人掛けの席の窓際に押し込むように座らせると、思いっきりしなだれかかってくる。

「袋の鼠だぞ。フミくん！」

「近い、近い、顔近い！」

「これから二時間、誰に気兼ねなく、イチャコラできるかと思うと、すっごくアガっちゃう」

「気兼ねなくって……新幹線、ほぼ満席ですけど？」

実際、通路を挟んだ三人掛けの席に座っている若手のビジネスマンたちが、こちらを見ないように気を使いながらも、興味津々に耳を欹《そばだ》てているのが見て取れる。

「っていうか……変装とかしなくていいの？」

僕がそう問いかけると、彼女はクスクスと笑った。

「サングラス掛けてればわかんないよ。それに、そこまで有名じゃないって、読者の女子高生ぐらいだと思うよ。アタシのこと知ってるの」

「でもさ……」

「いーじゃん、ふーみーくーん。けちけちすんなよー、甘えさせろよぉー」

知人の目がないとなると、ツンデレのツンの部分はどこかへすっ飛んで、今の黒沢さんはデレデレのデレ。豪デレである。

僕の二の腕には彼女の胸の感触、ぴったりとくっついては頬にチューしまくり、服の上からずっと僕の乳首を捏ね繰り回している。

「ちゅき、ちゅきっ、んー……ちゅーしよぉよー、ふみきゅーん。さびしーよぉー……」

(やべぇ……理性がもたないぞ、こんなの)

最初の洗脳の時点で、リリは黒沢さんのことを二人っきりになると滅茶苦茶甘えるタイプだと言っていたし、実際ベッドの上ではその通りなのだけれど、まさか普段の生活の段階からここまでとは、流石に思っていなかった。

それはともかく、僕はそっと黒沢さんに問いかける。

「今日……来るかな？」

「一応、担当の編集さんに聞いてみたけど……今日の撮影は、氷上霧人《ひかみきりと》くんと美月《みつき》あきらちゃんが一緒だから、たぶん……来ると思う」

実は、今回の東京行きは、僕の方から黒沢さんに同行させて欲しいとお願いしたのだ。

その理由は……幾つかある。

その一、単純に東京に行ってみたい。田舎者の憧れである。

その二、モデルさんの撮影現場を見てみたい。ミーハー的興味である。

その三、一度訪れてしまえば、これから黒沢さんが東京で仕事がある時には、『再訪《リヴィジット》』を使って、一瞬で送り届けられるようになる。

そして一番の目的は、ある人物との約束を果たすためにだ。

「えーとね。こっちが氷上くんで、こっちがあきらちゃん」

黒沢さんが、鞄から雑誌を取り出してページを捲り、二人の人物を指し示す。

男性の方はハーフっぽい顔立ちのイケメン。うん、敵。人類の敵と言ってもいい。

一方、女の子の方はマッシュルーム風の金髪に、オルチャンメイクといっただろうか、やけに口紅のケバケバしいメイクで微笑んでいた。

「……黒沢さんの方が可愛いよな。圧倒的に」

「んふっ、フミきゅんったらぁ……」

嬉しいのはわかったから、乳首を摘まむのはやめてください、黒沢さん。

「この二人も読者モデル？」

「違うよ。二人はプロのモデル」

黒沢さんの説明によると、一般に読者モデルといえば、事務所に所属していないお洒落な一般人を誌面に登場させるだけとのこと。

この二人はそうではなくて、職業としてのモデルなのだという。

但し、読者モデルが全員一般人かというと、そうでもなく、中にはいわゆるタレントの卵が、読者モデルからスタートするという例もある。

そして黒沢さんが、まさにそのパターンなのだそうだ。

彼女の所属事務所はいわゆる弱小の芸能事務所で、読モ仕事は基本的に事務所を介さない。

その上、謝礼は交通費を含む薄謝のみで、持ち出しの方が多いぐらいらしい。

じゃあ、なんでそんな仕事を続けているかというと、一言で言えば将来のため。

十代の女子をメインターゲットとする女性ファッション誌、『ＣＵＴＩＥ☆ＣＵＴＩＥ』においては、ＭＩＳＵＺＵは看板読者モデル。

卒業後には、読モで得た人気を足掛かりに、本格的なタレント活動に入るのだという。

「……すごいな、黒沢さん。将来のこと考えて、今から努力して……なんていうか、大人って感じ」

モデルなんてチャラチャラしたものとか、正直舐めていた。

僕が思わず感心すると、黒沢さんはにっこり笑ってこう言った。

「フミきゅんもアソコは大人以上だよ」

「台無しィ！」

×××

東京に辿り着いた後、僕らは在来線を乗り継いで、目的のスタジオの入っているビルへと辿り着き、その裏手の路地へと回る。

そして、人目につかない場所で扉を呼び出して、『部屋』へと足を踏み入れた。

「じゃあ、着替えてくるから」

「コーディネートしてあげよっか？」

「黒沢さんにコーディネートされたらお洒落になっちゃうでしょ。変装なんだから、やぼったい方がいいんだってば」

「えーと、フミくんはアタシの新人マネージャーってことにするんだよね」

「そうそう、黒沢さんに下僕扱いされてるマネージャー。異性としては見てないけど、虐めがいがあって気に入ってる。そんな感じの演技でお願い」

「むずかしいことというね」

「女優目指してるんでしょ？　大丈夫だって」

「う、うん……頑張るけどさ。異性として見てないって、そこがムリ」

困ったような顔をしているけれど、以前の黒沢さんの僕に対する態度に戻ればいいだけだから、きっと大丈夫なはずだ。

やがて。ひとしきりの着替えを終え、『衣裳部屋《ドレッシングルーム》』から出て来た僕を目にした黒沢さんは――

「ぎゃはははははっ！」

――腹を抱えて笑い転げた。

ぶかぶかの紺のスーツによれよれのシャツ。無駄に鮮やかな赤色のネクタイに丸眼鏡。いつも以上に猫背気味。見るからに冴えないサラリーマンである。

「いるっ！　こういう人いるよね！　毎日コンビニでお弁当買ってそうだし、結婚相談所の広告とかじっと見てそうだし、鉄道とか好きそう。あ、あと友達みんな眼鏡かけてそうだし、こたつと扇風機が季節に関係なく部屋にありそう！」

（うん、黒沢さん、いろんな方面に謝れ！）

はぁはぁと息を整え、目じりに浮かんだ涙を指で拭いながら、黒沢さんは口を開く。

「いやぁ……これは逸材。ほんとイジメたくなる感じがスゴい」

「……演技でお願いします」

そして、『部屋』を出た僕らは、あらためてスタジオへと足を運ぶ。

エレベーターに乗って四階。エントランスに設置された内線で来訪を告げた後、そのままスタジオに足を踏み入れた。

「おはようございます！」

スタジオに入るなり、黒沢さんが大きく声を上げて腰を折った。僕も慌てて頭を下げる。

周囲を見回してみると、事前に想像していたよりも、沢山の人がいた。

年配の女性カメラマンとそのアシスタントらしい男性二人。

スタイリストらしい女性。

ダブルのスーツを着た恰幅の良い五十代ぐらいの男性。

モデルらしい綺麗な女の子と、こちらもモデルらしいすらりと背の高いイケメン。

この二人は、さっき雑誌で目にした美月あきらと氷上霧人だ。

但し、美月あきらの方は、雑誌の写真とは随分イメージが違う。あのマッシュルームカットはウィッグだったのだろう。髪も長くて華奢な印象。少なくともさっき見た写真よりも可愛かった。

（って言っても、黒沢さんの方が全然かわいいけどな！）

「砧《きぬた》さん」

黒沢さんがそう声を掛けると、一番手前にいた女の人がニコニコしながら近づいてきた。

「やっほー！　ＭＩＳＵＺＵちゃんひさしぶりー！　心配してたんだよぉ」

外はねの肩までの髪。鼻先にそばかすの散った若い女の人。ガーリーなワンピースを着た、丸顔でほんわかした雰囲気の女性だ。

「ご迷惑をおかけしてすみませんでした」

「迷惑？　あーないない。だいじょーぶ！　こんなこと言っちゃやなんだけど、話題性があるって、編集長なんかＭＩＳＵＺＵちゃんの復帰、めちゃくちゃよろこんでんだよね。ウチの看板読モなんだから。今回は表紙もＭＩＳＵＺＵちゃんでいくから！」

「表紙!?　あ、ありがとうございます。こら、フミジマ！　アンタも頭下げなさいよ、早く！　ほんとグズなんだから！」

「あ、ありがとうございます！」

黒沢さんは僕の頭を掴むと強引に、それを下げさせる。

「ん？　そっちの人は？」

「あ、すみません。いちおうマネージャーがついたんで紹介しておきますね。ほらフミジマ、ちゃんと挨拶しなさいよ、このグズ」

黒沢さんはつま先で僕の足を蹴り上げる。ガチで痛い。

（待って？　これ演技だよね？　ね？）

「はじめまして。わ、わたくし、モデーロ企画でＭＩＳＵＺＵのマネージャーをしております文島雉男《ふみじまきじお》と申します」

「はーいどーも！　森田出版編集部の砧保子《きぬたやすこ》でーす。気軽にぽんぽこって呼んでください」

「ぽ、ぽんぽこ……さん？」

僕が思わず戸惑うような顔をすると、彼女はにっこりと微笑んだ。

「ほら、苗字を逆から読むとたぬきですから」

（……っていうか、見た目も結構たぬきっぽいな、この人）

「はあ……ところであちらの方は？」

僕が視線を向けたのは、ダブルのスーツを着た男性。いかにも押しの強そうなおっさんだ。

「ああ、ファーストビューティオフィスの倉島社長さんですよ」

「ファーストビューティって、あの業界大手の!?」

僕は、大袈裟に驚いたフリをする。

「ええ、あきらちゃんは、社長さん自らプロデュースをされているそうで……」

「そ、それは、是非ご挨拶させていただきたいです」

僕がへこへこと頭をさげながら挨拶しにいくと、倉島社長は「ああ」と一つ頷いただけ。

興味なさげに名刺を受け取ったあと、そのままポケットに放り込み、彼の名刺はくれなかった。

やがて撮影が始まって、僕は手持ち無沙汰。スタジオの隅で撮影の様子をぼーっと見ていたのだけれど、なかなか大変そうだった。撮影が……ではない。我の強いおっさんの相手がだ。

今日の撮影は表紙と、男女三人の仲良しスナップ風の企画ページらしいのだけれど、読モとはいえ、『CUTIE☆CUTIE』における黒沢さんの人気は断トツ。

その上、誘拐事件からの生還という話題性もあって、撮影は黒沢さんを中心に進んでいった。

だが途中、幾度となく倉島社長が口を挟んでくる。

「ウチのあきらを中心に撮れ!」だとか、「表紙にも登場させろ!」だとか、好き放題な物言いで撮影を何度も中断させた。

ところが、意外にもぽんぽこさんがそれに強硬に抵抗する。

本来、いくら社長だとは言っても、誌面のことにモデル事務所側が口を挟むのは筋違いなのだから、当然といえば当然である。

何度となく倉島社長とぽんぽこさんがぶつかって、撮影時間もずいぶんと押した。

「そんなことを仰るなら、他の事務所にお願いしますけど？」

最後には、売り言葉に買い言葉だとは思うけれど、ガチギレのぽんぽこさんが声を荒げる。

一触即発の不穏な空気が漂う中、氷上霧人が「まあまあ、社長……森田出版さんのお仕事なくなったら困りますから」と社長を宥《なだ》め、どうにか撮影を終えた。

✖ピント外れな人たち。

「うー……」

窓の外では蝉の声。運動場の方からは、部活の掛け声が聞こえてくる。

あーしは口を尖らせて、唇と鼻の間にシャーペンを挟みながら唸った。

補習だ。どうしようもなく補習だ。

「そんなの欲《ほ》しゅうない」と抵抗してみても、やっぱり補習なのである。

上手い、あーし座布団一枚。

さて、今は補習授業を一コマ終えて、そのおさらいの小テストの真っ最中だ。

ニワトリでもあるまいし、今説明されたばっかりの内容を間違えるわけないじゃん。

バカにしすぎ。早々に終わらせて、今は答案の回収待ち。

それにしても……なんかモヤモヤする。うぁーってなる。

何がこんなにモヤモヤするのかと考えてみれば、その理由にすぐ思い当たった。

ふーみんに会ってないのだ。昨日も、今日も。

寝る前に送った『おやすみふーみん』のメッセージに返信があったのも朝方。

（ねーねー六時過ぎに『おやすみ』はおかしくないですか、ふーみんさんや。ねーねー流石に扱い悪くありませんか？　ふーみんさん）

ぶーたれながら周囲を見回すと、補習を喰らったのは結局六人。

正確には、五人プラス一人。このプラス一人は、粕谷っちだ。

先生の説明によれば、粕谷っちは一応、学期末で停学は解除。追試を受けることで留年は避けられるらしい。

はい、よかったね。ぱちぱち。まあ、ふーみんにあんなことした奴を許す気もないので、話しかける気もないし、目も合わさない。

向こうも避けられてる自覚があるのだと思う。あーしの方へ話しかけてくることは一切ないし、席が前後の平塚くんとばかり話をしている。

その二人のやりとりは、フラれ男同士の豪華共演だとみんな知っているだけに、居た堪れなさが半端なかった。

そして、小テストが終わって休憩時間。暑さのあまり摂り過ぎた水分をトイレに還元して教室に戻ってくると、ドアの隙間からこっそり教室の中を覗き込んでいる女の子の姿があった。

ちらりと見えるリボンの色は一年生。ファンが粕谷っちにでも会いに来たのかなと、よく見てみれば、それは実に見覚えのある人物である。

「福田っちじゃん！」

「ひぃぃいいいいいぃ!?」

あーしが後ろから声をかけると、彼女は猫と鼠が仲良く喧嘩するカートゥーンみたいな飛び上がり方をした。

「あ、あわわ……ふ、藤原大先輩、おは、おは、おはははっよっ、ございますぅぅ！」

「大先輩って……何してんの？」

「え、あ、いや、な、なんでも！　なんでもないです！」

「ふーん……うそとか誤魔かしは……」

「ぴぃっ!?」

あーしはちょっと目を細めてやる。それだけで彼女は震え上がった。

(うーん、ちょっと薬が効きすぎてるかも……)

「りょりょ、寮にいても、や、やることないのでワンチャン、木島せ、先輩に会えないかなって……」

「ふーみんに？　なんで？」

「お、怒んないでくださいぃ……、ゆるしてくださぃいぃ……」

福田っちは、完全に涙目になって、祈るようなポーズを取る。

(だからビビりすぎだっての……)

「正直に話せば怒んないから、ね？」

「は、はぃい……じ、実はよく見ると、木島先輩ってかっこいいなって……」

「ん？」

あーしが思わず首を傾げると、福田っちは慌てて身を反らす。

「んひぃっ!?　ち、違うんですぅ！　こ、告白しようとか、そ、そんな大それたことは考えてないですっ！　ふ、藤原大先輩と木島先輩のベストカップルの間に入り込む余地なんてありましぇん！　た、ただちょっと目の保養に先輩の姿を見たいなって……」

「福田っち……」

「ぴぃいいい!?」

あーしが思わず肩を掴むと、彼女はこの世の終わりみたいな顔をした。

「あーし、誤解してた。福田っちがこんなにいい子だったなんて……」

「は……は、はい？」

「そうなんだよ、あーしとふーみんはベストカップル。磁石でいえば同じN極なんだよ！」

「あ、あの……もしかしてツッコミ待ちですか？」

「なにが？　ぴったりくっついて離れないってことだけど？」

「………………………おっしゃる通りです」

なにか不可解な間があったような気もするけれど、もしかしたら、ちょっとぐらいはジェラシーを感じたのかもしれない。

「それにしても、目の保養にふーみんを見たいとか、あはは！　福田っち、なかなか見る目あるじゃん。うん、仲良くできそうな気がしてきたっ！」

「え？　あ……は、はい」

「うんうん、じゃ今度ウチにおいでよ。二人で夜通しふーみんトークをしよう！」

「うぇ!?」

「いや？」

「め、めっそうもございませんんっ！　あ、何か用事があったような気が！　だ、誰かが呼んでいる気がっ！　ししし、し、しつれいしますぅ！」

そう言うなり、彼女は逃げるように駆けていった。

(変な子だなー。まあ、もうちょっと仲良くなれたら、ふーみんとお話ぐらいはさせてあげてもいいかなー)

あーしは、そんなことを考えながら、上機嫌で教室に足を踏み入れる。

ちなみに、小テストは二十問中、五問は合ってた。

×××

「お母さまは何もしなくて結構です」

「え〜、でも〜ぉ、唯さ〜ん、お母さん、暇なのよぉ〜」

「お母さまが触ると、片付くものも片付きませんから！」

ワタクシたち母娘は、今日から藤原正剛さまのお屋敷にて、住み込みで働かせていただくことになっていた。

お与えいただいた部屋は、藤原舞さまがお住まいの別棟。その一階の十二畳の空き部屋である。ベッドや家具も揃っていて、専用の浴場やご不浄までついている。

使用人部屋どころか客間としか思えないような、とても綺麗なお部屋だった。

到着してすぐ、先輩メイドの方に与えられた部屋へとご案内いただき、息をつく間も無くワタクシは荷物を解き始める。

そもそも荷物なんて二人でトランクに三つ分しかないので、引っ越しも大した手間でもない。

アパートの契約解除は申し込んでから一ヶ月後ではあるが、その辺りは全て正剛さまが取り計らってくださった。そのご温情には感謝するしかない。

「家政婦さんのお仕事ぉ、お母さん、すご〜く楽しみにしてるのよぉ〜」

「いいえ、お母さまは張り切ったりしないでください。絶対、何か壊しますから」

「大丈夫よぉ〜、物陰からぁ……事件を目撃するだけのお仕事ですものぉ〜」

「あの、お母さま？　我が家にも昔はメイドさんがいましたのに、どうしてそんなミラクルな誤解が出来ますの？」

溜め息しか出ない。お母さまはとんでもない天然なのだ。

非常に美形な上にふわふわほわほわした雰囲気で癒やし系女優などと呼ばれていたらしいが、娘としては正直扱いに困る。

実際、昨日まで勤めていた缶詰工場でも全く役に立たず、見かねた主任さんが、一番簡単な仕事を割り振ってくれていたのだそうだ。

筑前煮の缶詰用のちくわ。レーンを流れてくるちくわが横になっていたら縦に直すというお仕事である。

(うん、簡単ですけれど……それはそれで痩せ細るのもわかる気がいたしますわね)

実際、お母さまが「ち、ちくわさんがぁ〜ちくわさんがぁ〜」と深夜に魘《うな》されている姿を何度も目にしている。

とにかく、お母さまは何もしないでいてくれるのがありがたい。

真咲さまのお話によると、藤原舞さまは寵姫ではないが、監禁王さまがとても大切にされておられる方だという。

ワタクシとて、監禁王さまの寵姫になることを諦めたわけではない。舞お嬢さまに気に入っていただければ、きっと大きな後ろ盾となっていただけるはずだ。

そんなことを考えていると、玄関先から舞お嬢さまの声が聞こえて来た。

「ただいまぁ〜」

私はお母さまの手を曳いて、慌ただしく玄関へと駆けつける。

「舞お嬢さま、お帰りなさいませ」

「あ、唯ちゃん！　そっか、今日からだったっけ」

「はい！　偉大なる舞お嬢さまのお蔭でワタクシ、香山唯は、幸せな今日という日を過ごせております！」

私がそう口にすると、舞お嬢さまは、何か変なモノでも食べたかのような顔をされた。

ハメられ女の復讐リクエスト

『ねぇ、パパぁ。あのMISUZUって女、すっごい邪魔なんだけどぉ』

『わかっている。心配しなくても、ちゃーんと手を打つさ』

『手を打つって……どうすんの？』

『ちんけな事務所の所属だからな。サクッとウチに引き抜くさ。大手に移籍出来るって言えば、食い付くに決まっている。とりあえず、あの冴えないマネージャー、明日にでもアイツに電話して、セッティングさせるとしようか。アイツ込みで引き抜いてやるといえば、一も二もなく食いついてくるだろう』

『食い付かなかったら？』

『エサを積み上げるだけだ。マネージャーの方には年俸、役職。MISUZUの方には、映画にドラマにグラビア。望むならCDデビュー。書面上で積み上げるだけなら幾らでもできる。契約で縛ってしまえば、反故にしたところで何も出来やしないのだから』

『あはは、パパったらひっどーい！　でも、ほんっとムカつくんだよね、あの女。素人読モの分際で、二回連続であの子がメインでアタシがサブとか……有り得ないでしょ？　地方のパチンコ屋とか、スーパーのイベントのどさ周りでもしてればいいのよ』

『まあ、最初は多少金を積むことになるだろうがな。散々使い潰して、最後は投資した分をきっちり回収できるやり方で処分するだけだ。もちろん、あきらの邪魔になるような仕事はさせないし、MISUZUに来たおいしい仕事は、あきらに回すこともできる』

『うふふっ、パパだーい好き！』

『うんうん、あきらは、パパが絶対、モデル界の頂点まで連れてってやるからな』

「……とまあ、こんな感じデビ」

「ムカつくのは、コッチだっつぅの！」

黒沢さんが予約しておいてくれた、高層ホテルの一室でのことである。

リリの実演一人芝居が終わった途端、黒沢さんは眉間に皺を寄せて、バンと力任せにテーブルを叩いた。

リリにお願いして、今日の撮影終了以降、あの社長の動向を見張っておいて貰ったのだ。

もちろん、それは美月あきらは、あの社長の愛人に違いないと踏んでのこと。

情事の現場をカメラに収めれば、色々使い道はあるだろうと考えていたのだけれど、残念ながらそちらの方は肩透かし。あの後二人は一旦事務所に戻った後、それぞれに帰宅したのだそうだ。

だが、収穫が全く無かったわけではない。

それは事務所に戻る途中の車内の会話。今、リリが再現したコレである。

この時、口は挟まなかったものの、氷上霧人も助手席にいたらしいから、彼もグルと見て間違いないだろう。

正直、驚いている。

話の内容の酷さにではない。あまりにも、金谷さんの話の通りだったからだ。

それだけ、彼らが日常的にこんなあくどいことをやっているということなのだろう。

僕は、金谷さんと初めて話をした日のことを思い起こす。

黒沢さんを東南アジア行きの船から救い出して二日後のこと。反社の事務所に突入し、警察に拘束された翌日のことだ。

黒沢さんのついでに救い出した女性たちの中で『部屋』に残ることを希望した一人、それが金谷千尋さんである。

歳の頃は二十代半ば。黒髪のロングにシャープな印象の顔立ち。手足の長い抜群のプロポーション。彼女の第一印象は仕事のできるキャリアウーマンと言ったところ。

但し、その印象がメンヘラに変わったのは約二秒後。

白のブラウス。その袖口から覗く手首に、うっすらと自傷痕らしきピンクのラインを見つけるまでのことである。

リリに連れられて部屋に入ってきた彼女は、秀麗な面貌にやるかたない怒りを滲ませて、僕に訴えかけてきた。

「……お願いがあるの」

そこからの彼女の話は、本当に酷いモノだった。

一昨年のこと。二十三歳の遅咲きながら、グラビアモデル兼タレントとして人気が出始めていた彼女に、おいしい話が舞い込んできた。

それは大手事務所からの引き抜き。社長自ら彼女の下を訪れ、歯の浮くような美辞麗句とともに、涎が垂れるほどにおいしい条件を提示されたのだ。

当然、彼女はあっさりと飛びついた。

自分を高く評価されて嬉しくないわけがない。それに、周りの若いモデルたちに比べれば、彼女のモデルとしての賞味期限はそれほど長くはないことが、自分でもわかっていたからだ。

「でも……社長の話は全部ウソ。何一つ実現されなかったの」

社長が彼女に語った話は、今後の方針や展望であって契約ではない。

その一方で、彼女自身は契約に雁字搦めにされていた。

回ってくる仕事は、ことごとく着エロPVの仕事。露出はドンドン上がっていくばかり。それでも彼女は一時のことだと我慢して、黙々と仕事をこなした。

だが、そんなある日。

彼女自身について、ある噂を聞いてしまったのだ。

『金谷千尋はわがままばかり。仕事を選んでグラビアの仕事も受けたがらない。彼女が穴を開けた仕事を美月あきらが、健気に埋めている』

信じられなかった。

もう随分長い間、まともな雑誌のグラビアの仕事なんて回ってきていなかったからだ。

そして彼女は、その日の内に社長に直訴した。

もうこの事務所を辞めさせてほしいと。

だが、それは出来なかった。

彼女に投資した金額一億円。それを耳を揃えて返せと言われてしまったのである。

契約条項には、確かに契約の途中解約時に違約金を支払うとそう書いてあった。

もちろんそんなお金など、あるわけがない。

「とはいえ、私も鬼ではないからね。あと五件仕事を終わらせてくれれば、契約の解除に応じようじゃないか」

社長が恩着せがましくそう言った翌週、彼女が連れていかれたのはAVの撮影現場。

気付いた彼女が逃げ出そうとした時には、もう撮影が始まっていた。

嫌がる女の子を集団輪姦するハードレイプもの。

発売された際の煽りコピーは『迫真の演技』である。

それはそうだ。演技じゃないのだから。

ずたぼろになってマンションに帰り着いた彼女は、衝動のままに自殺を図るも未遂に終わる。

そんな彼女を慰めたのは、モデルの後輩、氷上霧人だった。

優しく慰めてくれる彼に何度となく身体を許し、結婚を約束。金谷さんは、どんどん彼に依存していった。

あと四本AVを撮れれば、自由になれる。

彼と一緒になって幸せになるのだと、愛☆舞美などというバカげた芸名を受け入れて、心で泣きながらアヘ顔Wピース。

そこから二本のAVを撮影した。

だが、もう耐えられなかった。

そして、氷上霧人に「警察に訴えようと思う」、そう相談した日の夜。彼女は路上で拉致され、東南アジア行きの船に連れ込まれたのである。

ひとしきりの話を聞いた僕の印象は——酷い話。そうとしか思えなかった。

まあ、お前が言うなのツッコミ待ちではあるけれど。

僕はちらりとリリの様子を窺う。彼女は素知らぬ顔で天井近くをふわふわと周回していた。

正直、意図がよくわからない。今の話を聞いて、僕にどうしろというのか？

「で……僕に、何を求めてるのかな？」

そう問いかけると、金谷さんは目を見開き、頬を歪めてこう言い放った。

「美月あきら、倉島社長、氷上霧人、あとマネージャーの山内清香……こいつらを地獄に叩き落として欲しいの」

「僕は正義の味方じゃないいし、慈善事業をやってるわけでもない。あなたたちを救い出したのは、黒沢さんのついで。ただの気まぐれだもの。そんなリクエストに応える義理はないよね？」

「見返りはちゃんと用意するわよ。お金が必要なら、何本だってAVに出るし、身体を売ってもかまわない。もちろん、キミがアタシを抱きたいっていうなら、好きにしてもらっても構わない。死ねっていうなら喜んで死ぬわ」

「……この部屋に入ってしまった時点で、やろうと思えば、僕は金谷さんのことをいくらでも好きにできるんだから、従う理由はないよね？」

「っ……」

金谷さんはギリッと奥歯を鳴らした。

「ねえ、リリ、どう思う？」

僕は興味のないフリをしながら、あえてリリに話を振る。

実際は可哀そうだし、なんとかしてやりたいというのが本心ではあるけれど、この悪魔の意図するところを確認しておかないと、そう簡単には話に乗れない。

そして、その態度は、どうやら正解だったらしい。

リリは満足げに頷きながら、こう口にする。

「リリとしては、生贄として自分を捧げるなら、願いを叶えてやるというのは、悪魔としては正しいあり方だと思うデビな」

「誰？」

「僕は悪魔じゃないってば」

「ふふん、ここで耳よりな情報デビ。美月あきらが、近々一緒に仕事をする相手を教えてあげるデビ」

「黒沢ちゃんデビよ」

「……なるほどね」

黒沢さんが、次の犠牲者になりかねないということか。

確かにそれは、僕が首を突っ込む理由として十分過ぎる。

だがやはり、リリが黒沢さんを助けるためなんて純粋な善意で、金谷さんに僕を引き合わせたとは到底思えない。他に何か理由があるはずだ。

「リリ……腹の探り合いは面倒くさいよ。狙いは？」

僕がそう問いかけると、リリはにっこり笑って、こう言った。

「アハハっ、大したことじゃないデビよ。ただ、芸能事務所というのは……この先の足掛かりとして使うには、丁度良いかもしれないと思っただけデビ」

第二十八章　サナダムシさんは拉致りたい。

挫折の初出勤

「高田さま、お仕事の時間でございます」

ゴキブリと名乗る件《くだん》のメイドが、再び部屋へやって来たのは翌日夕方のこと。

いや、部屋には窓も無く時計も無いので正確なところはわからない。けれど、勤務は夕方五時からと言っていたから、たぶん今は夕方なのだろう。

「この部屋から外に出るに当たって、念のため申し上げておきますが、助けを求めようとしても無駄でございます。偉大なる監禁王さまのことや、この部屋のこと。それを誰かに話そうとしても、できないようになっておりますので」

「できないようになっている」というのは、実におかしな物言いだ。「するな」でもなく「話したら酷い目に遭うぞ」でもなく「できない」。

だが、何となくわかってしまう。多分、本当にできないのだろう。

メイドは、部屋の奥に設置されている通勤口にツカツカと歩み寄ると、早く来いとばかりに私を手招きする。

「こんな格好で、外になんて出られないわよ！」

「問題ございません。この扉の向こう側は既に店舗のロッカールーム兼休憩室でございます。お店の制服は上はビキニで、下はミニスカート。ミニスカートは店舗の方で支給されますので」

渋々、彼女の後をついて扉を通り抜けると、そこはスチール製のロッカーが五つならんだ六畳も無いような狭い部屋。

雑然とした部屋の真ん中には折り畳みの長テーブルがあって、それを取り囲むように六脚の折り畳み椅子が置かれていた。

メイドはロッカーの一つを開くと、そこからタータンチェックのミニスカートを取り出し、私の方へと差し出してくる。

「それでは、こちらをお召しになって、しばらくお待ちください」

そう言うと、メイドは部屋の外へと出ていってしまった。

(ビキニだけよりは、マシ……だけど)

私はとりあえずミニスカートを穿く。ミニといっても、流石にここまで短いとスカートの役割を果たしていない。

上はビキニブラだけだし、より一層卑猥な恰好になってしまったようにも思える。

(本当に……何でこんな格好しなきゃいけないのよ)

私は、思わず肩を落とした。

そこからは手持ち無沙汰で独り。パイプ椅子に腰を下ろしてしばらくすると、おずおずとノックする音が響いて女の子が一人、わずかに開いた扉の隙間からひょっこり顔を覗かせた。

「ちわーっ」

少し長めのショートカットをプラチナピンクに染めた女の子。顔立ち自体は普通だけれど、とにかく髪の色が目を引く。身に着けているのはブレザータイプの制服。だが、どこの学校のものかまではわからなかった。

「きょーからお世話になりまーす。まーこでーす、よろー！」

「あ、いえ、わ、私も今日からですから……」

「あは、そーなんだっ！　よろでーす。ねえねえ、名前なに？」

「た、高田ですけど」

「タカっちね。おーけー、おーけー覚えたし」

彼女はわざわざ椅子を近づけて腰を下ろすと、満面の笑みを浮かべて迫ってくる。

なんだか知らないけれど、バカっぽくてめちゃくちゃ馴れ馴れしい。

私の一番嫌いなタイプだ。誰にでも媚びて、流されるままに非行に走るのだ、こういう子は。

そのあと更に三人、いかにもなギャルが部屋の中へと入ってきた。

彼女たちは「おはー」だの「よろー」だの言いながら入ってくると、きゃっきゃっと騒ぎながら、ビキニに着替え始める。

まったく何なのだ、ここは……バカの巣窟としか思えない。

彼女たちは着替え終わるとお菓子を机の上に広げながら、私とまーこさんを何の遠慮も無く、質問攻めにしてきた。

「うはっ、なに、どこで焼いたん？　マンバ系？　それめっちゃイケてんじゃん。でもさーそこまでやるなら、メイクぐらいしよーず、バランスわりーよ？」

「メイク？」

「そ、そ、髪もその色でセメセメなのにもったいないって」

まーこさんは彼女たちと一緒になってキャッキャとはしゃいでいたが、私には到底無理というか、一緒にされるのも不本意だ。

タジタジになって顔を引き攣らせていると、扉が開いてまた二人の女性が入ってきた。

一人はゴキブリメイド。そしてその後について入ってくる、もう一人に目を向けた途端、その場にいる全員が思わず息を呑んだ。

雑然とした狭い部屋には、あまりにも場違いなイブニングドレスを纏った美しい外国人女性。銀色の長い髪は絹糸のようで、蛍光灯の光を反射してキラキラと光っている。

「ヤッば！　誰？　女優さん？　ガチキレーじゃん」

「ってか、前の。なんでメイド？」

ギャルたちがそう口にしたところで、ゴキブリメイドが口を開いた。

「おはようございます。本日からこのお店のオーナーが交代となりました。ですが、皆さまの待遇に関しては、一切変更はございませんのでご安心ください」

「えーマジでぇ、あのスケベ親父じゃなくなったん？」

すると、銀髪美人が口を開く。

「このお店を買い取った新オーナーから、このお店を任されました。ワタクシのことは『店長』とお呼びいただければ結構です。今日からよろしくお願いしますね。それと、この子が一切変更はないと申しましたけど、これまでとは人気投票の仕組みが少し変わります」

「人気投票？　あー、あのミスコンみたいなやつ？」

「ええ、そうです。これまでは昇給査定に利用していたようですが、今後は日間一位の人にボーナスとして十万円をさしあげます」

「じゅっ、十万!?　マジで!?」

「うっそ、めっちゃ気前いいじゃん！」

「ヤッば！　それ、がんばるしかないっしょ！」

ギャルたちがはしゃぎ始めると、メイドがパンパンと手を叩いた。

「それでは開店いたしますので皆さま、ご準備をお願いいたします」

「「「はーい！」」」

店長に先導され、ギャルたちが浮かれたような雰囲気で部屋を出て行ってしまうと、私とまーこさん、それにゴキブリメイドだけがこの場に取り残された。

「よろしいのですか？　ポジション取りの段階から、もう勝負は始まっておりますよ？」

メイドに追い立てられるように休憩室を出ると、その向こう側は既に店舗。むちゃくちゃ細長いカウンターだけの店舗だ。

ギャル三人が真ん中辺りを陣取っていたので、私とまーこさんは隅の方に立った。

「今日のところは、新人お二人のオーダー分の対応は私がいたします。お二人は、お客さまとの会話に集中してくださいまし」

背後からメイドがそう告げて、まーこさんが「あはっ、ありがと！」と微笑んだ。

しばらくすると徐々にお客さんが店の中へと入ってくる。

「今日は、レナちゃん出てる？」

「はいはーい。山ちゃん、なーにあーしに会いに来てくれたん？」

「もっちろん！　オレ、レナちゃんにぞっこんラブだから！」

常連さんらしい一団がギャルの前に陣取って、彼女たちを相手に楽しげにお酒を飲み始める。

次から次へと入ってくるお客さんもみんな、ギャル三人の方へ。

「なかなか、お客さんこないねー、あーしら」

「……そうね」

どう答えていいものかわからず眉間を曇らせると、彼女は私の顔を覗き込んでニッと笑った。

「もータカっち、ダメだって、もっとスマイル、スマイルぅ！」

「え……あ、はぁ」

そうこうするうちに、店は満席。ギャルたちの前から押し出されるように私とまーこさんの前のカウンターにもお客さんが付いた。

「きみ、かーいいねー新人さん？」

「うん、そーだよ。まーこって呼んでね！　お客さんよく来んのこのお店？」

まーこさんが卒なくお客さんと談笑しはじめると、目の前に来た地味なおじさんが、私を見上げて困ったような顔をする。

「えーと、キミ新人さん……かな」

「ええ」

「あの……」

「なに？」

「ハイボールを……」

「ハイボール？」

私は思わず首を傾げる。

(外角高め？　野球の話をしたいということだろうか？)

すると、背後からメイドがドリンクを差し出してきた。

「ハイボールです。お出ししてください」

(ハイボールというお酒なのね……)

とりあえず、それをおじさんの前にドンと置くと、おじさんはまた困ったような顔をして、その前に飲んでいたグラスを脇に避ける。そして、私の背後を覗き込むようにして口を開いた。

「ねえねえ、キミ、なんでメイドさん？」

「ワタクシは、こちらの新人の教育係でございます。黒子のようなものだとお思いくださいませ」

「えーそうなのぉ？　こっちのムスッとした子より、ボクはキミとお話がしたいなー」

「ご容赦くださいませ、店長に怒られてしまいますので。高田さま、お客さまがお話をご所望です。なにか楽しいお話を」

「話？　わ、わかったわ」

メイドのそんな無茶ぶりを受けて、私は少し思案する。

面白い話……どうせならためになる話の方が良いだろう。

そして、私は目の前のおじさんに、煙草とアルコールが青少年の健全育成に、どれほど有害であるかを語ってきかせることにした。

×××

「アホですか？」

ゴキブリメイドが、蔑《さげす》むようなジトリとした目で私を見据えた。

「…………」

私は、無言で睨み返す。

店仕舞いの後、キャストの女の子たちもみんな帰ってしまった後のロッカールームでのこと。

確かに結果だけを見れば、人気投票は五人中五位。

得票数ゼロ票で、怒らせたお客さんの数は二名。

ドリンクバックは、二杯分で四百円。

確かに三百万円を稼ぐという目的を考えれば、状況は良くない。

でも、私が悪いわけじゃない。あんな連中に合わせて、私がレベルを落としてやらなきゃならないなんてあまりにも理不尽だ。

ましてや、メイドなんかに私が責められる謂《い》われはない。

「あんな下品なおっさんの相手なんて、やってられないわよ。私は、こんな社会の掃き溜めにいるような人間じゃないの！　客もクズなら店の女もみんなクズ！　媚びて、煽《おだ》てて、色目使ってお金を恵んでもらうなんて、浅ましいとしか言いようがないわよ！」

私がそう吐き捨てると、ゴキブリメイドは片眉を吊り上げた。

「ほう？　清く正しい風紀委員長さま。あなたは彼女たちより上等な人間でいらっしゃると？」

「当たり前じゃない！」

「どの辺りが？」

「真面目に生きてるもの。ふ、風紀の乱れを正してるし、ちゃんと勉強だってしてるし！」

私が吠えるようにそう告げると、ゴキブリメイドは呆れたとばかりに溜め息を吐く。

「真面目に生きてる？　ご冗談を」

「はぁ？　なにが言いたいわけ？」

「良いですか？　アナタがバカにした本日のキャスト。内二名は女子大生、一名は看護学生です。自分の力でお金を稼ぎ、生活のために働いている苦学生ですよ」

「あんなのが？」

「ええ、そうです。あんなのがです。そして、あの方々が生きるために必死に頑張っているすぐ傍で、拗ねて、甘えて、自分の勝手な尺度で人を馬鹿にして。自分の出来の悪さを私は悪くないと駄々を捏ねながら正当化する人間を、私は『アホ』以外に表現する言葉を持ちません」

「だ、だからって、こんな仕事を選ぶような人間は……」

「職業に貴賤はございません。必要だからお金のやり取りが発生するのです。それが資本主義社会でございます。学生には及びもつかないような厳しい社会を生き抜く殿方が、ほんのわずかな癒やしを求めて、店を訪れる。あなたはそれを下品と罵るのですね」

「い、息抜きの仕方なら他にいくらでも、あ、あるでしょ！」

「親の脛を齧ってぬくぬくと生活しながら、人様の揚げ足をとって、私の方が上だとお山の大将を気取るメスガキ。本当に醜悪としか言いようがありませんね。貴方が何の役に立っているというのですか？」

「が、学生の本分は勉強だもの！　先生は私を褒めてくれるし、お父さんやお母さんだって！」

するとゴキブリメイドは大袈裟に肩を竦める。

「そりゃ褒めるでしょうね。手のかからないお客さんは楽で良いですから。褒められて、気分良くなって、自分は偉いのだと錯覚する。アナタと、あのカウンターにかぶりついていたお客さま方と一体、何の違いがあるのですか？」

「なっ!?　一緒にしないで！」

「一緒です。むしろ、何が違うのか教えていただきたいものですね」

「わ、私は真面目に……」

「真面目、真面目と仰いますが、あえてワタクシはこう申し上げましょう。『もうすこし真面目に働かれてはいかがですか？』」

「はぁ!?」

「真っ当に営業している店舗で、営業妨害まがいの行動。大事な顧客を一晩に二人も怒らせ、店の雰囲気を白けさせる。はっきり申し上げましょう。風紀委員長さま。今夜、このお店の風紀を乱したのはアナタですよ？　自分勝手なふるまいで皆に迷惑を掛けているのはアナタです」

「私が……風紀を乱した？」

「ええ、これが学校であれば、停学ものですね。偉大なる監禁王さまのご下命でなければ、ワタクシも匙を投げているところでございます」

「停学……」

「その点、本日同じように入店されたまーこさまは優秀でございましたね。馴染みの客がついているわけでもないのに、人気投票で第二位。彼女が対応されたお客様は、皆さん上機嫌でお帰りになりました。ドリンクの値段は同じ、チャージだって同じ。だというのにまーこさまのお客さまは、翌日一日を気分よく過ごされ、あなたが対応したお客さまは、不満たらたらで過ごされるのでしょう」

「そんなこと言われたって……」

「まーこさまは、病気のお母上の入院費用を稼ぐために働いておられます。さて、あなたは彼女のことをクズと仰いましたが、あなたと彼女、本当のクズはどちらですか？」

私はもう、どうしたら良いかわからなくなっていた。

折り畳みのパイプ椅子に力尽きるように座り込んで、力なく肩を落とす。悔しくて、哀しくて、ボロボロと涙が零れ落ちた。

「叱られたらすぐに泣くとか、本当にどうしようもない方ですね。しばらくそこで頭をお冷やしください」

ゴキブリメイドが出ていってしまうと、ロッカールームには私の鼻を啜る音だけが響く。

「もう……いったい、どうすればいいのよ」

喉の奥から嗚咽がこみ上げてくる。

逃げ出したい。でもここから逃げ出したら、きっとただじゃすまない。

小林先生だって、大変な目に遭うに違いない。

私がミニスカートの裾をギュッと握ったその時、ギッと小さな音を立ててロッカールームの扉が開いた。

恐る恐る顔を覗かせたのは、プラチナピンクに髪を染めた女の子。

「まーこ……さん？」

「あ……大丈夫？　タカっち」

そして彼女は足音を忍ばせるようにロッカールームに入ってくると、そっと私の手を取った。

「なんだか……怒られてるみたいだったからさ。心配になって戻って来ちゃった。大丈夫だよ、タカっち可愛いし。今日はまだ初日だもん。一緒にがんばろ？　ね？」

涙が止まらなくなった。

何が悲しいのか、何が辛いのか、よくわからなくなって、私はまーこさんの手を握りながら、子供みたいに声を上げて泣いた。

×××

「リリさま、メイド長さま。ゴキブリ及びミミズ。ただいま帰投いたしました」

私が腰を折りつつそう報告すると、リリさまが宙をふわふわと浮かびながら、「ご苦労デビ」と小さく頷いた。

私の隣にいるのはプラチナピンクに髪を染めたミミズ。

光栄にも私とミミズは、あの風紀委員長調教の飴と鞭の役割を仰せつかったのだ。

私の言葉や振る舞いはリリさまのシナリオ通り。流石はリリさまとしか言いようがない。

「順調なようですね」

メイド長さまがそう仰ると、ミミズが少し誇らしげに口を開いた。

「はい、高田さまは明日、私に接客の指導をして欲しいと、そう頼んでこられました」

「今はどうしておられますか？」

メイド長さまのその問いかけには、私が答える。

「お部屋にお戻りになって就寝されておられます。お目覚めのタイミングを見計らって、お食事をお持ちする予定です」

「結構。そのまま抜かりなく進展させなさい」

「「はい！」」

私たちが返事をすると、リリさまが満足げに頷いて、こう仰った。

「あの風紀委員長を完全に堕としきったら、リリからフミフミにお前たちを閨《ねや》に呼ぶように口添えしてやるデビ」

「「あ、ありがとうございます！」」

私とミミズは顔を見合わせて喜び合う。もう少しで監禁王さまに処女を捧げる夢が叶うのだと思うと、高田さまの調教にも力が入ろうというものだ。

リリさまはムカデとサナダムシにも、それぞれ仕事をお与えになったと聞いている。

どうせなら、四人揃って監禁王さまに可愛がっていただきたいと、そう思う。

そして、リリさまの御前を辞するにあたり、私とミミズは腰を折りながら、二人で声を張り上げた。

「「偉大なる監禁王さまのために！」」

✖ファーストバウト

BGMはサーフサウンド。時折、効果音として波の音が被ってくる。

店舗の壁面は水色に塗り上げられ、天井装飾はバリ島の茅葺き屋根のよう。至るところにハイビスカスの花飾りが飾られていて、トロピカルな雰囲気を演出している。

『シーサイドバウンド』は、真夏の海をテーマにしたガールズバーである。

ネットの評価によれば、お薦めのカクテルはフローズンダイキリとピニャコラーダ。時折漂ってくる隣のラーメン屋の豚骨スープの匂いを気にしなければ、バカンス気分を楽しめる——と、それなりに人気の店のようだ。

そんな無国籍な雰囲気のバーではあるが、私たち姉妹が店内に足を踏み入れた途端、一斉に視線がこちらへと集まってきた。

まあ、それもいつものこと。

『ガイジンだ！　ヤバイ！　話しかけられたらどうしよう！』

そんな視線には、もう慣れっこだ。なにせ、この見た目のせいでフードコートで焼うどんを食べているだけで、めちゃくちゃ二度見されるのだ。

『ガイジンだ！　焼うどん食ってる!?』

（いいじゃん、別に！　外国人が焼うどん食べてたって！）

いけない。話が脱線した。

まあ、仕方がないことだと思う。自分でいうのもなんだけれど、モデル級の外国人美女二人が、こんな場末のガールズバーに現れれば、そうなって当然だ。

「クラウディア……あの一番右端の女が多分そうだ」

店に入ってすぐ、お姉ちゃんがそう耳打ちしてきた。

言われるがままにカウンターの一番右側に目を向けると、事前に写真で確認したのとは、少しだけ見た目の違う女の子の姿がある。

小麦色の肌、緑に染めたショートカットに、小さめのリングピアスが鈴なりになった耳。でも、目鼻立ちのはっきりした濃いめの顔は変えようもない。

チューブトップ型のブラに付けられた名札には、『ヒカリ』とそう書かれていた。

ボクとお姉ちゃんがその子の前に歩み寄ると、彼女はちょっと戸惑うような顔をする。

「あのさ……ガイジンさん、来る店間違えてんじゃないの？」

「まあ、普通あんまり来ないよね。こういう店は……」

そう返事をすると、あからさまにホッとしたような顔をした。

「良かった、日本語喋れるんだ？」

「むしろ、英語喋れないけどね」

「あはは、そうなんだ。じゃ、ドリンク何にする？」

「ボクはコーラ。お姉ちゃんは？」

「ボウモア十八年、ロックで」

「はいはーい、ちょっと待っててね」

ドリンクを用意し始める彼女。ボクはカウンターの端に並んでいる星の砂の小瓶を眺めながら、彼女にこう話しかける。

「ところで、照屋さん」

すると、彼女の手がピタリと止まった。

「えーと……誰それ？　アタシの苗字、粕谷なんだけど」

その返答はもちろん嘘。ボクの視界の中で、彼女の姿が赤く染まる。

立岡から、彼女は『粕谷純一』という男にベタ惚れだったと聞いているが……よりによって自分の好きだった男の苗字を偽名に使うとか、あまりにも怨念じみていていてちょっと怖い。

とはいえ、彼女が未だにその粕谷純一に未練たらたらなのは明らか。

ならば、彼女の姉について話をするより、粕谷純一の話をするほうが、食いつきが良さそうだ。

「粕谷純一……別れたみたいだね。黒沢って子と」

案の定、反応は劇的だった。

ボクが『粕谷純一』の名を口にした途端、彼女は大きく目を見開き、太目の眉が跳ねあがって驚愕の表情を形作った。

「心配しなくていいよ。ボクらはキミの味方。粕谷純一の現状を詳しく教えてあげたいんだけど、どこかで時間取れないかな？」

諭すようにそう告げると、彼女は少し戸惑うような素振りを見せた後、周囲を気にしながら、声を潜めた。

「……あと一時間ぐらいで休憩に入るから、裏のコインパーキングで待ってて」

×××

私——サナダムシは照屋せんぱ……もとい、ターゲットの働くガールズバーの裏手、コインパーキングで車の陰に隠れて、様子を窺っている。
数日の間観察を繰り返した結果、ターゲットは休憩時間になると、このコインパーキングに出てきて、缶コーヒー片手にスマホを眺める。

私は、彼女を拉致するならこのタイミングだと、そう判断していた。

そう、私は今日、照屋先輩を拉致する。

リリさまから命令が下った時には、遂に来た！　と、そう思った。

照屋先輩にも、私たち四人に下ったのと同じ罰が下るのだと、そう思ったのだ。

だが、そうではなかった。

監禁王さまの身代わりとなって逮捕された照屋先輩の姉、行方不明になっている彼女が、リリさまと対立する魔界貴族に保護されている可能性が強くなってきたからだ。

拉致されているのか、協力関係にあるのかは定かではないが、放置するわけにはいかない。

照屋先輩の身柄を確保しておけば、いざというときに盾として使えると、リリさまはそう仰った。

というわけで、私に与えられたミッションは拉致。

殺しさえしなければ、どれだけ無茶苦茶にしても良いと言われているので、とりあえず愛用の戦斧で両手両足を斬り落として、コンパクトに持ち運ぶつもりでいる。

（そろそろ休憩時間の筈だが……）

駐車してあるレンジローバーの影から店舗の裏口を眺めていると、コインパーキングに入ってくる人間の気配がある。

そっと覗き見ると、外国人らしき女性が二人。

彼女たちは何かを待つかのように、その場に居座り始めた。

（ちっ……邪魔だな）

とはいえ、リリさまからは、くれぐれも秘密裏に事を運ぶように厳命されている。力ずくで排除するというわけにもいかない。

苛立ちを覚えながら、彼女たちがどこかに行ってくれるのを待っていると、店舗の裏口からターゲットが姿を現す。そして、外国人二人の方へと歩み寄った。

（何者？　友達というわけではなさそうだけれど……）

外国人二人の声は小さく、何を話しているのかまでは聞き取れない。むしろ照屋先輩の相槌の方が大きいぐらいだ。まあ、彼女は、そもそも声の大きな人ではあったが。

「それは……つまり学校に戻れるってこと？　陸上部に？」

そんな先輩の声が聞こえて来た。

そして、押し問答らしきやり取りの末に、照屋先輩が大きく頷いた。

「純一さま、フリーなんだ？　そうか、そうなんだ。いいよ……わかった、協力する」

状況は全くわからないが、いずれにせよ。今夜、拉致を決行するのは難しそうだ。

リリさまが開いてくださった扉は、コインパーキングの入口付近。

他の人間には見えない状態なので見つかる恐れはないが、撤退するにしても、彼女たちが立ち去るのを待つしかない。

（はぁ……仕切り直しか）

溜め息を吐いて顔を上げたその瞬間——私は戦慄した。

目の前に、外国人女の姿があったのだ。

先ほどまで照屋先輩と話をしていた内の一人。髪の短い方の女が、いつのまにか鋭い目つきで私を見下ろしていた。

「……ここで何をしている？」

事、ここに到っては仕方がない。

殺しさえしなければ、どれだけ無茶苦茶にしようが再生可能。リリさまのオーダーにはない女だが、見た目は非常に美しい。監禁王さまに上納すれば、喜んでくださるかもしれない。

私は、背後に用意していた戦斧を手に取り、外国人女を問答無用で薙ぎ払う。

必殺のタイミング。

だが、胴薙《どうな》ぎに払ったはずのその一撃は紙一重で躱され、勢い余った戦斧が、レンジローバーのボンネットをボコりとへこませた。

「なっ!?」

これには、流石に驚かされた。

今の私の一撃は、魔獣オルトロスさえも簡単に屠る。少なくともただの人間に躱せるような代物ではない。

「えっ……絵理？」

私の姿を目にした照屋先輩が、そう声を漏らすのが聞こえてきた。

（ちっ、顔を見られた。どうにか挽回しないと……）

このままでは、メイド長さまにお仕置きされてしまう。

「らぁっ！　らぁっ！　らぁああああっ！」

私は目の前の外国人女の動きを目で追いながら、手にした戦斧を振り回した。

縦に、袈裟に、横薙ぎに。

激しい風斬り音が響き渡り、振り下ろされた戦斧が地面を穿って、抉《えぐ》れたアスファルトが爆散する。

だが、私の攻撃は全て虚しく空を切り、紙一重で躱され続けていた。

「くっ！　なんで当たらない！」

見切られている。本当に最小限の動きだけで躱されている。

一体どんな動体視力があれば、そんなことが出来るのか。人間技とは思えなかった。

シャギーの入った金髪ショートボブに彫像めいた美貌。嫉妬するほどに手足は長く、スタイルもいい。女の見た目は、それこそファッション雑誌から抜け出たような外国人モデルのようだ。

考えてみれば、メイド長さまも外国人のような容貌。ということは、この女も魔界の住人に違いない。リリさまが仰っていた魔界貴族か、その手先と言ったところだろうか？

「何をしていると聞いただけでいきなり襲い掛かってくるとは、物騒な奴だ」

「やかましい！」

声を荒げて、再び戦斧を振り上げたその瞬間、私の視界から女の姿が消えた。いや消えたように見えた。

気が付けば、外国人女は私の懐に入り込んでいる。

「なっ!?」

驚愕の声を漏らした次の瞬間、顎に軽い衝撃が走る。必死に身を仰け反らせる私の顎をアッパーカット気味の女の拳がかすった。

（くっ、そんな攻撃じゃ……！）

そう思った途端、いきなりくらりと目が眩む。身体がいうことを聞かない。

指先から戦斧の柄が零れ落ち、私は膝から崩れ落ちかけた。

（な、なんだ、これ……？　ヤ、ヤバい。ダ、ダメだ。ここで捕らえられるわけには……。監禁王さまにご迷惑をかけるわけには……いかないっ）

私は、途切れそうになる意識を必死に繋ぎ止めて、どうにか踏みとどまる。

目の前には、ボクサーのように身構える外国人女の姿。

「うっ、うぁあああああ！」

ふらつく足下、笑う膝。転げそうになりながら、私は外国人女に掴みかかる。当然のように躱されるが、それはそれで良いのだ。

私は突っ込んだ勢いのままに、パーキングの入口辺りへと突進し、そのまま隠された扉を開いて中へと転がりこんだ。

×××

「見た？」

「ああ……見た」

呆気にとられたような空気の中、ボクの問いかけにお姉ちゃんが頷いた。

パーキングの入口辺り、そこでメイドがいきなり消えたのだ。

彼女が姿を消した辺りを手で探りながら、ボクは再びお姉ちゃんに問いかける。

「どう思う？」

「どう捉えて良いのかはわからない……だが、立岡のいう通り、悪魔の関与が証明されたと思って良いだろうな」

「うん、そうだね」

お姉ちゃんは、顎に指を当てながら、考え込むような素振りを見せた。

「今のメイドだって……確かに脳を揺らしてやったというのに、それでもあそこまで動けるなんて、とてもではないが人間とは思えん」

「そういえば、ヒカリ。さっきのメイドのこと知ってるみたいだったけど？」

突然話を振られて、ヒカリはビクンと身を跳ねさせた。

「え、う、うん。見間違えじゃなければ……行方不明のままになってる陸上部の一年生で……堀田絵里だったと思う」

「じゃあ、あの扉と『神隠し過ぎ事件』が関係があるってことまで証明されちゃうわけだ」

「扉？」

「お姉ちゃんは見てなかった？　メイドが消える直前、扉を開くような動きをしてたんだよ。たぶん、あそこにボクらの目には見えない扉みたいなものがあったんだと思う」

「なるほど……」

「で、そんな扉みたいなのを、どこにでも開けるっていうなら、陸上部を一気に拉致するなんてことも簡単にできちゃいそうだよね」

ボクのその一言に、ヒカリは顔を青ざめさせる。

それはそうだ。普通の人間にこういう話は、荷が重すぎるだろう。

どう考えても悪魔が関与しているに違いない。

（魂と引き換えに悪魔と契約を結ぶなんて話もあるけれど……）

そう考えた途端、ボクの脳裏を一人の人物の姿が過《よぎ》った。

（もしかして……魂が無いから、ボクの能力が効かなかったとか？）

その人物とは——森部《もりべ》沙織《さおり》。

立岡が一番疑わしいと言っていたのはフミオだが、彼は実際に会った感覚としては、ごくごく普通の少年としか言いようがなかった。そしてサオリは、彼のことを慕っている雰囲気がある。

これは仮説でしかないが、フミオが立岡がいうような幸運に恵まれているのは、サオリが彼のために悪魔に魂を売ったからだったとしたら……。

ボクが考え込んでいると、お姉ちゃんが足下を指さして口を開いた。

「で……どうする、これ？」

足下に目を向けると、そこにはメイドの遺留品が転がっている。

「……見なかったことにするってことで」

バトルアクスって……アンタ。

少なくとも、現代日本でお目にかかれるような代物ではない。

×××

僕の知る由もないことではあるが、クラウディアさんがメイドの残したバトルアクスを拾い上げようとして、あまりの重量にドン引きしていた頃のことである。

新宿の高層ホテルの一室。

そこで煽情的な下着姿の黒沢さんが、カーペットの上に跪き、ベッドに座る僕の足の間で肉棒に舌を這わせていた。

血管も生々しい肉幹を桃色の舌に舐め上げられ、僕は快感にビクッビクッと背筋を震わせる。

「えへへ……フミくん、すっごく気持ちよさそー」

僕の反応に、黒沢さんが嬉しそうに瞳を細めた。

「今日は、黒沢さんに随分いじめられたから、お詫びとして一晩中ご奉仕してもらうからね」

「えー……フミくんがやれって言ったのにぃ」

言葉は不満げなのに、その表情は嬉しそうに蕩けている。

そして彼女は、大胆にパクッと僕のモノを咥え込んだ。

ぶぽっ、ぶぽっと、わざとらしく下品な音を立てて、僕のモノを扱き上げる唇。熱い潤みとしなやかなその感触に、僕は思わず身を仰け反らせた。

柔らかな唇で肉竿を絞りあげながら、彼女は雁首の裏側にチロチロと舌を這わせる。腰の奥までジンと響くような愉悦が走って、僕は思わず彼女の頭に手をやった。

すると、ちゅぽっと唇を離して、黒沢さんがうっとりと呟く。

「うぅん……フミくんのすごいぃ、硬くて、さいこぉ……」

黒沢さんみたいな美少女に、こんなことを言われるのは、純粋に気分がいいものだ。

その興奮はすぐに股間へ伝わって、さらに血管が浮きあがるほどに筋張る。

「わーい、また、おっきくなったぁ！」

黒沢さんは亀頭を優しく一舐めして先端にキスし、裏筋をねぶってから、雁首を咥えて頭を前後させ始めた。

じゅぼっ、じゅぼっと再び淫靡な水音が響き渡る。

あまりの心地よさに僕が思わず吐息を漏らすのとほぼ同時に、手元に置いておいたスマホが、派手な着信音を鳴らしながら振動した。

市外局番は〇三。見覚えのない番号だが、僕は思わず口元を歪める。

「来た来た……黒沢さんは、そのまま続けてて」

彼女は上目遣いの瞳でにこっと微笑むと、指で根元を扱きながら激しく頭を振り始める。

ひっきりなしに響くいやらしい水音をＢＧＭに、僕はスマホをタップして電話に出た。

「はい、文島です」

「あー……ファーストビューティオフィスの倉島だが」

「く、倉島社長!?」

僕は、大袈裟に驚いたフリをする。

「お、お世話になっております。ほ、本日は誠にありがとうございました。それで……あ、あの、一体どういったご用件で」

「うむ、キミとＭＩＳＵＺＵにね。折り入って話したいことがあるのだよ。急で申しわけないのだが、明日ウチのオフィスに来て貰えんかね」

「は、はあ……」

「ははは、そんなに警戒しなくてもいい。キミにとっても良い話だ」

「はあ、ですが社長。うっ……」

僕が思わず目を向けると、黒沢さんは激しく顔を前後させながら、両手で僕の睾丸を揉みしだいている。

急に違う刺激を与えられて、つい声を漏らしてしまった僕を、黒沢さんが悪戯っぽい微笑みを浮かべて見上げていた。

「どうしたのかね?」

「す、すみません。今丁度、足つぼマッサージに掛かっておりまして……失礼しました。ですが、ＭＩＳＵＺＵさんは既に東京を出て帰られましたので……次に上京してくるのは一週間後でございまして……」

「そうか……ならば、とりあえず君だけでもいい」

じゅぼっ、じゅぼっ、じゅぼっ、じゅるっ。

黒沢さんは更に勢いを増して、僕を快感の淵へと追い込んでいく。

「は、はい、うっ……はぁ、私でございましたらいかようにも」

「では、十三時辺りに私を訪ねてきてくれたまえ」

「か、かしこまりましたっ！」

そういうや否や、僕はスマホをタップして電話を切る。絶頂寸前、流石におっさんの声を聞きながらイクのは御免だ。

「く、黒沢さん！　イクっ、イクよ！」

僕がそう宣言すると、彼女の頭の動きが速く、そして小刻みなものに変わる。

そんな熱烈なフェラチオに、灼熱の奔流が下腹で渦を巻いて、急速に迫り上がってきた。

「くっ！　ぐっ、くぅうう！」

括約筋に力を込め、床を踏みしめて懸命に射精を堪えるも、彼女は無駄な抵抗だと言わんばかりに激しく僕を責め立て、あっさりと絶頂が訪れる。

「射精《だ》すよ！　黒沢さんっ、射精《で》るッ！」

びゅるっ！　びゅるるるる！

僕の叫びと共に堰を切って、熱い白濁液が彼女の口内へと迸った。

「んっ、んんんっ！」

大量の白濁液を受け止めながらも、彼女は全く動きを止めない。

むしろ、もっとよこせとばかりに愛情を込めた奉仕を続けていく。

「くっ、くぅうっ、吸い取られるっ……」

最後の一滴まで吸いつくそうとするかのような吸引に、僕は腰を震わせながら、白濁液を彼女の口内へと吐き出していった。

✖グローバル社会で済ませるのはどうかと思う。

「なにっ！　サナダムシがやられただとっ！」

「クッ、クッ、クッ……問題あるまい。彼奴《きやつ》は我ら、害虫四天王の中でも最弱」

「……っていうか、害虫じゃないよね。サナダムシ。寄生虫だしさ」

「それ言っちゃうんなら、ミミズも益虫でしょ。害虫ってのがおかしいんだってば」

「ちょっと！　脱線！　話が脱線してるから！」

「コホン……ならば、次は、このミミズが！」

「いや、私、ムカデが！」

「何をいうムカデ、お主が手に負える相手ではない」

「なんだとミミズ！　貴様こそすっこんでおれ」

「え、あ、えーと。じゃ、じゃあ私、ゴキブリが！」

「「どうぞ、どうぞ！」」

「ええっ!?」

アタシは食堂で四天王ごっこに興じるメイドたちを眺めて、こう思った。

(いくら何でもアホ過ぎるデビ。ちょっとやり過ぎたかもしれないデビ)

数分前のことである。

直立不動で並んでいたメイドたちに、「楽にして良いデビ」と、そう言ったら、彼女たちは昼休みに机を囲んでダベる女子生徒のごとくに、一斉にダラダラしはじめた。

そして、暇を持て余した末に、こんな遊びを始めたのである。

(この場にフリージアが居なくて良かったデビ)

こういうおふざけが大好物の彼女のことだ。自分もやりたいと言い出しかねない。

そして、これをやるためだけに、四天王のうちもう一人を魔界から呼んできかねないのだ。

ギーレ砦の攻防戦は、我が軍の勝利に終わっている。

現在、敵の攻撃は散発的。小康状態だと報告を受けているが、軍の要を引っ張ってこられては堪ったものではない。
・・・・・・・・・・・・・・・
フミフミが成長してくれたお蔭で戦局は好転しているとはいえ、まだ予断を許さない状況には違いないのだ。

かくいうフリージアは、昨晩からサナダムシのお仕置きを継続中。

信賞必罰は組織の礎《いしずえ》であるがゆえに手加減はしないし、する気もない。サナダムシの失敗のせいで、こちらの存在を聖人どもに認識させてしまったのは、あまりにも大きな過失と言えた。

(とはいえ、このメイドたちも大分戦えるようになったデビ。もう少し鍛えたら、魔界に送り込むことも出来そうデビな……)

そんなことを考えていると唐突に扉が開いて、フミフミが食堂へと入ってきた。

途端に、メイドたちは慌ただしく跳ね起きて、直立不動の体勢をとる。

「「「おはようございます！　偉大なる監禁王さまのお陰でワタクシたちは、本日も幸せに過ごさせていただいております！」」」

メイドたちが緊張しきった顔で唱和すると、フミフミは引き攣った笑顔を浮かべた。

「今朝は、ずいぶん早いデビな」

「うん、ラジオ体操を済ませてきたんだよ。この後、朝食を摂ったら、すぐに東京に戻るつもり」

「くろさーちゃんは一緒じゃないデビか？」

「あはは……昨日かなり無茶したからね。たぶん、昼までは起きてこないと思う」

「そろそろ、フミフミの相手は二人一組ぐらいじゃないと、身がもたなくなってきてるデビなぁ……」

アタシが思わず肩を竦めると、フミフミは食堂を見回して首を傾げた。

「なんか、メイドさん一人少なくない？」

「ああ、サナダムシは、オルトロスの餌にするソーセージ作りに勤《いそ》しんでいるデビ」

「ソーセージ？」

あまりにもゴアな話である。それ以上は聞かない方が、お互いのためというモノだ。

それがわかったのだろう。彼は、おもむろに話題を変える。

「ところで、金谷さんはどうしてる？」

「ＡＶ子はまだ寝てるデビ。それがどうしたデビか？」

「実はさ……芸能事務所の件が予想外に上手くいきすぎて、一発で食い付いちゃったんだよね」

「それなら、プランを早くまとめ上げないとデビな」

「この間、話してたアレ、マジでやんの？」

「当然デビ。そのために、わざわざソレ系の漫画を読み漁ったんデビよ。人選も終わってるデビ」

「一応、返事は一週間後まで引き延ばすつもりだから、慌てる必要はないんだけど……あと、高田さんの状況はどう？」

「調教は始まったばかりデビが、今のところは順調デビ。そっちのミミズとゴキブリが頑張ってるデビ」

アタシが顎でメイドたちの方を指し示すと、フミフミが彼女たちにニッコリと微笑んだ。

「そうか、ありがとね。斎藤さん、乾さん」

「は、はひ!?」

「ひゃっ!?」

途端にミミズとゴキブリが、顔を真っ赤にしてへなへなと腰砕けに崩れ落ちる。名を呼ばれなかったムカデは、独りうらやましそうな顔をしていた。

「そっちも夏休みの後半には、毎日のようにフミフミに出張ってもらうことになるデビ。そのつもりにしておいて欲しいデビ」

「うん、わかったよ」

「それと……ちょっと気になることがあるデビ」

「気になること？」

「デビ。神島杏奈が、他の魔界貴族の下にいる可能性があるって話をしたデビ？」

「うん」

「だから……いざという時のために、妹の方を確保しておこうとしたんデビが、邪魔が入ったデビ」

「魔界貴族が出て来たってこと？」

アタシは、ゆっくりと首を振る。

「違うデビ。外国人の女……おそらく天使の恩寵を身に宿した聖人デビ」

「天使!?」

これには、フミフミも驚き顔になった。

「って言っても、天使どもが降りてくる可能性は現段階では皆無デビよ。奴らは人間のことなんか、大して興味がないんデビ」

「そうなの？」

「デビデビ。たまに適当な奴に恩寵を与えて、『まあがんばれ』とでも言ってやれば勝手に崇め奉ってくれるんデビ。わざわざ降りてくる必要なんてないんデビよ」

「なんか、適当だなぁ……」

「その方が良いんデビ。出張ってきたら連中、面倒臭がって、すぐ人類を滅亡させようとするデビ」

「物騒すぎる!?」

「ノアの大洪水の話然り、古今の聖典、教典の類《たぐい》を紐解いてみても、悪魔が原因で人類が滅亡に瀕したことなんて一度も無いデビ。人類が滅亡の危機に瀕する時はいつだって天罰。天使連中の仕業デビ」

「じゃあ、その外国人の聖人ってのは？」

「ゲームの駒みたいなもんデビな。暇つぶしの」

「うわぁ……性質《タチ》悪いな、それ」

「だからまあ、大した脅威ではないデビ」

「そっか。それにしてもその聖人ってのもそうだけど、外国の人増えたよね、最近。今日のラジオ体操にも、外国人の女の子が一人来ててさ。ちょっと前に友達になった子なんだけど」

「ラジオ体操に外国人って……はぁ、グローバル社会デビなぁ」

×××

「森部ぇ、さっき木虎ちゃんにあったら、なんかエラいお洒落してたんやけど……」

「そうなんですか？」

部活開始の直前、島先輩と私が着替えながらそんな話をしていると、蜷川先輩が話に割り込んできた。

「ほら、あれですよ、先輩。仕事終わりにデート！　木虎先生、最近彼氏出来たんでしょ？　ゴールイン直前って噂ですよ」

「うそやん！　マジで！」

島先輩が身を乗り出すのとほぼ同時に、ヨランダコーチが部室に入ってきて、パンパンと手を叩いた。

「はい、注目！　大会に向けて、本日の練習から新たにコーチングスタッフに一人加わってもらうことになった」

「コーチング？」

「スタッフ？」

ものすごく唐突な話である。

パイプ椅子で寝息を立てている高砂先輩を除いて、みんな一斉に怪訝そうな顔になった。

そして次の瞬間、部室に入ってきた人物を目にして、私たちは一斉に目を丸くする。

「紹介しよう。短距離のコーチングを担当してもらう照屋光だ」

黒に金色のラインの入ったヤンキージャージ。緑に染まった髪、耳には無数のピアス穴。

変わり果てた姿ではあったけれど、現れた人物は確かに照屋先輩だった。

みんなが唖然としていると、ヨランダコーチが声を張り上げる。

「彼女には、短距離の面倒を見てもらうことになるわけだが……森部！」

「ひゃっ!?　ひゃい！」

突然名前を呼ばれて、私は思わず飛び上がった。

「お前、短距離に転向しろ！」

「ええっ!?　で、でも、わ、わたし、高跳びで……」

「そもそも、お前の身長で高跳びはミスマッチだし、短距離の訓練を積むことは、高跳びに戻ったとしてもプラスになる！　今度の大会は、短距離で出場するように！」

いきなりすぎて硬直してしまった私の代わりに、島先輩がヨランダコーチに詰め寄る。

「ちょっと待ってや、コーチ！　そら横暴やろな！　なあ、初ちゃん！」

「うむ、競技種目は、入部の際に本人が希望するものであるし、短距離が今、蜷川一人だと言っても、今度は高跳びが高砂だけになってしまうが……コーチ、その辺りはどう考えておられる？」

田代部長が鋭い視線を向けると、ヨランダコーチはそれを真正面から受け止めて口を開く。

「一昨日、昨日と練習を見させてもらったが、高砂は練習するわけでなし。種目別の練習に別れたら、森部が一人で練習している。そっちの方が不健全だと思うがな？」

「高砂ぉ……」

島先輩が小さく呻く。確かにそう言われてしまうと、返す言葉もない。

「とりあえず次の大会、森部は短距離でいくように！」

ヨランダコーチにそう念押しされて、私は渋々頷いた。

（でも……）

私は、ちらりと照屋先輩の様子を窺う。

（照屋先輩、怖いし、声大きいし……やだなぁ）

第二十九章　それにしてもこの悪魔、ノリノリである。

蠢動する悪意

十三時ちょうど、僕はＷＥＢのマップを頼りに、六本木の『ファーストビューティオフィス』の事務所を訪れていた。

黒沢さんとは一旦別れて、十五時にこの近くのハンバーガーショップで合流することになっている。

（意外と小さいんだな……）

辿り着いた事務所は、表通りから一本裏手に入ったところにあるレンガ調の四階建てのビル。

想像よりもずっと慎ましい感じだ。

大手だっていうから、高層ビルみたいなのを想像していたのだけれど、拍子抜けである。

三段ほどのステップを上がり、ガラスドアを押して玄関を入るとすぐに受付。

綺麗な受け付けのお姉さんに用件を告げると、彼女は「四階までお上がりください」と、エレベータの方を指し示した。

四階に辿り着くと、エレベーターの前に一人の女性が待ち受けている。

年の頃は三十代前半ぐらい。タイトスカートに白いブラウス姿で首から社員証を下げている。艶やかな黒髪になきぼくろが印象的な色っぽい女性だ。

事前に金谷さんに聞いていた、マネージャーの山内清香という人物の特徴に合致していた。

当人と思って間違いないだろう。金谷さんの言う通りであれば、彼女も社長の愛人のはずだ。

「モデーロ企画の文島さまですね。お待ちしておりました。どうぞこちらへ」

応接室に通されると、そこには皮張りの立派なソファーセット。壁際には腰の辺りまでの高さの棚の上に、これ見よがしにトロフィーや楯が並んでいる。

「お掛けになってお待ちください」

「あ、はい、あ、あ、ありがとうございます」

ちょっと、どもってしまったのは別に演技ではない。実際に戸惑っている。

それというのも——

(……どこに座るのが正解なんだ?)

座れと言われても、ソファーセットのどこに座ればいいのかが良くわからない。

(たしか……扉に近い方が下座だって聞いたことがあるような……)

立場は、どう考えても僕の方が下。でも、一応お客さんだし、上座に座る方が正しいのか?

(わかんないや……。とりあえず、遜《へりくだ》っておけば間違いないだろ)

僕は、一番下座と思われるところに腰を下ろして、社長の訪れを待った。

時計の針の音だけが響く応接室。お茶が出てくる気配もない。

十分、十五分と時間が過ぎ、三十分ほども無為に経過した頃、やっと倉島社長が現れた。

「待たせたな」

彼は、僕の正面にドカッと腰を下ろすと、挨拶もそこそこにいきなり話を捲し立てる。

「回りくどいのは好かんのでな。単刀直入に言わせてもらうが、キミんとこのMISUZU！　あれは逸材だ。彼女をウチの事務所に引き抜かせてもらいたい！」

「は!?　いや、ちょ、ちょっと待ってください！」

予想通りではあるけれど、ここはあえて大袈裟に慌てるフリをする。すると、社長は薄笑いを浮かべながら、顔を突きつけてきた。

「契約解除の違約金は全てウチが持つ。考えてもみたまえ、彼女のような逸材が、キミのところのような小さな事務所で埋もれてしまうのは、芸能界全体にとっての損失だとは思わんかね」

押しの強いおっさんである。やはり、これぐらい強引でなければ社長など務まらないものなのだろうか？

僕はタジタジと身を逸らしながら、わざと消え入りそうな声で応じた。

「お、お言葉ではございますが、社長。それはあまりにもご無体と申しますか……それに私の一存でどうこうできる話では……」

すると社長は身を起こし、背もたれに踏ん反り返りながら、鷹揚に頷く。

「それは、まあ当然だな。だから、キミにはMISUZU本人を説得してもらいたいのだよ」

「はぁ!?　わ、私がですか!?　じょ、冗談じゃありませんよ！　会社を裏切れと仰るんですか！」

ちょっと怒るようなフリをして声を荒げると、そう言うと思ったと言わんばかりに、倉島社長は片頬を歪めて笑った。

「タダで……とは言わんよ。キミもMISUZUと共にウチに移籍してくればいい。キミ、今、年収はいくらだね？　ウチは課長待遇で、キミを受け入れようじゃないか」

「か、課長待遇!?」

「うむ、私はキミにも光るものを感じているのだよ。ゆくゆくは一部門を任せてもよいと思っているのだがね」

(うわ……篭絡もここまであからさまだと信じそうになるな)

僕があえて押し黙ると、倉島社長は念を押すように再び僕の方へと身を乗り出してくる。

「どうだね？　悪い話じゃないと思うがね」

「はぁ……とはいえ、ＭＩＳＵＺＵさんが次に上京してくるのは来週でございまして」

「構わんよ。それまでに、キミの方でＭＩＳＵＺＵを説得してくれたまえ。こちらが彼女に提示する条件は、ここに纏めてある」

そう言って社長が差し出して来たのは、Ａ４コピー用紙に、ワープロ打ちの箇条書き。

さらっと目を通してみると、契約金を始めとしてバブル絶頂期かと見まがうような、景気の良い条件が十項目近く羅列されている。

だが——無記名だ。

「返事は、彼女が上京してくる来週で構わん。その時に彼女をここに連れてきたまえ、正式な契約を結ぼうじゃないか」

社長に僕のことを疑っているような様子はないが、もっと侮ってもらう方が良いだろう。

悪人というのは、相手が強欲な人間であればあるほど安心するものだ。

「あの……」

「なんだね？」

「ＭＩＳＵＺＵさんの件は努力します。それで……私の待遇についても、書面で確約いただけるのでしょうか？」

「信じられんかね？」

「はぁ……まあ、社長がということではなく、私自身、自分の価値ぐらいはわかっておりますので」

そう告げると、社長は愉快げに頬を歪ませた。

「ははは、なるほど。良いだろう。用意させようじゃないか」

「では……来週、こちらにＭＩＳＵＺＵさんをお連れできるように頑張ってみます」

「うむ……では用件は以上だ。私も忙しい身でな。失礼する」

そう言い捨てると社長は、振り返りもせずに、さっさと応接室を出て行ってしまった。

（酷いもんだ。こんなやり方を続けてたら、僕が何もしなくったって、そのうち誰かに足を掬われそうだけど……）

×××

「社長、お疲れさまでした」

社長室に戻った私に、清香がニコリと微笑んだ。

「思った以上に小者だな、あの男は。実に簡単なものだ」

するとと彼女は、臭いものでも嗅がされたかのように、鼻の頭に皺を寄せた。

「本当にあんなのを入社させるのですか？　いくらバーターとはいえすごく気持ち悪いし、臭そうだし、仕事出来なさそうだし、若いということ以外に、何も見どころありませんが……」

「あはは、清香は容赦がないな。まあ、あれはＭＩＳＵＺＵを引き込むために計上するコストのようなものだ」

「はあ……それにしても、あんなのを課長待遇とは思いきりましたね。部下がついてこないでしょ、あんなのじゃ」

「別に課長待遇だからと言って、部下をつけなければならんわけではないさ。とりあえず便所掃除課でも新設するさ。試用期間が終われば、黄ばみが取れていないことを理由に解雇だな」

「うふふ……悪い人」

彼女の胸に手を伸ばし、揉みしだいてやると、すぐに瞳に情欲の色を宿して、私の方へとしなだれかかってくる。

新入社員として入社してから、じっくりと躾けて来た女だが、本当に私好みの女になったものだ。

×××

「ヒカリ、乗って」

「はい、ヨランダコーチ」

今日の部活は午前で終わり。

私は、照屋光に助手席へ乗るように促して、中古で買った軽自動車に乗り込んだ。

彼女には当面、私たちと同居してもらうことになっている。

「どうだった？」

私がそう問いかけると、ヒカリは困ったような顔をして、こう言った。

「針のむしろみたいな感じです……」

それは、仕方のないことだ。

面と向かって拒絶する者こそいなかったが、部員たちに戸惑いの色は隠せない。

ヒカリは、彼女たちを誘拐したことになっている照屋杏奈の実妹なのだから、それも当然。

「気にすることはない。ヒカリのお姉さんは犯人ではないのだろう？」

「ええ……それは、そうなんですけどね」

昨晩のメイドとの遭遇戦は、私たちにとって、大きな事件解決への糸口となった。

あの謎の空間——敵の能力の一端を目撃できたのは大きい。わかってさえいれば、対処法を考えることもできる。犯人は、あの空間を使って移動することが出来るのだろう。

当面はクラウディアが怪しんでいる陸上部部長の田代、副部長の島、そして一年の森部。この辺りを監視し、突《つつ》いてみてリアクションを待つしかない。

核心に近づけば、犯人はあの空間を伝って、私たちに襲い掛かってくるはずだ。

そして、田代と島については私がマークするつもりだが、森部の監視はヒカリに任せるつもりでいる。その為にわざわざ彼女を短距離にコンバートしたのだ。

「それにしても……大丈夫だったんですか？」

「何が？」

「……その、アタシに陸上部でコーチさせることがです」

「大丈夫……ではなかったが、まあ……なんとかなった」

もちろん、校長や教頭には反対されたが、あくまで私が私費で雇うコーチであること、そして夏休みの間限定のコーチングスタッフだということで押し切った。

何より、彼女の元担任である森岡先生が、後押ししてくれたのが大きい。

『教育とは、悪い部分を切り捨てることではありません。姉の罪で妹を切り捨てるようなことがあれば、生徒たちは教師を信じてくれなくなります』

ゴリラみたいな顔のくせに、なかなか立派なことをいうものだと感心した。

ゴリラでなければ、ちょっと惚れていたかもしれない。

✖ 旬を過ぎたネタで押し切るのは悪魔的と言えなくもない。

まーこさんを相手に散々泣きじゃくり、与えられた部屋に戻ったのは朝の六時過ぎ。

シャワーを浴び終わったらすぐに寝て、ゴキブリメイドに起こされたのは午後のこと。

食事を摂りながら、彼女に「今日は四時には店に行きたい」、そう告げると「どうぞ、ご自由に」と、素っ気ない言葉が返ってきた。

「高田さま。今日からはお独りでご出勤ください。サボろうが、ふて寝しようが、特にこちらからは何も強制いたしません。ご要望がございましたら、この呼び鈴を鳴らしていただければ参りますので」

そう言って彼女は、小さなベルをテーブルの上に置いた。

「要望……聞いてもらえるの？」

「内容にも依ります」

私は思い切って頼んでみた。

「勉強がしたい。何か参考書みたいなものが欲しい。接客と、その……ギャルの」

そう伝えると、彼女は深く腰を折って、こう言った。

「承りました。本日お戻りになるまでに、幾つか見繕っておきます」

身支度を調えているうちに四時になって、私は通勤口を自分の手で開き、ガールズバーのロッカールームへと足を踏み入れる。

今日はパステルピンクの水着。ロッカールームを開いてミニスカートを取り出し、身に着けた。

(やっぱり……恥ずかしい。何でこんな格好……)

姿見で確認してみても、やっぱり痴女にしか見えない。恥ずかしくないわけがない。

折り畳みのパイプ椅子に腰を下ろして、しばらく待っているとギギッと扉が軋んで、まーこさんが顔を覗かせた。

「タカっち、おはよー！」

「まーこさん、もう夕方ですけれど？」

するとと、彼女は苦笑しながら、夜のお仕事は何時だろうと「おはよう」で良いのだと教えてくれる。なるほど『おはよう＝早いですね』ということであれば、理に適っているようにも思えた。

実は昨日、私は散々泣きじゃくった末に、彼女に接客の仕方について教えて欲しいと頼んだのである。

実に悔しいことではあるけれど、あのゴキブリメイドのいう事には一理ある。自分に出来ない事を批判しても、それはただの負け惜しみにしかならない。

ましてや、この私が風紀を乱しているとまで言われてしまっては、黙っているわけにはいかない。

最終的に、私はこう理解した。

『ルールが違うのだ』と、私の持っている常識や概念が例えば野球だとしたら、ここでの常識はサッカーなのだと。サッカーをしている人たちに、私は『なんで、バッターボックスに立たないのよ！』と怒っていたのだと。

そう思うと、あまりの滑稽さに恥ずかしくなった。

「まーこさん。ご指導よろしくお願いします」

私がそう頭を下げると、彼女は一瞬、困ったような顔になった後、苦笑気味にはにかむ。

「まーこでいいって、友達じゃん」

びっくりした。友達らしい。私たちは。

そして、まーこさんから順を追って、接客を教えてもらう。

「まず、お客さんが来たら元気に挨拶ね。普通に『いらっしゃい』でいいと思うよ」

「え……でも皆さん、ハローとかチースとか」

「慣れればね。この店に来るよーな人って、丁寧な接客とか望んでるわけじゃなくて、女友達みたいに気軽に話せるほーがいいから。でも、無理してぎこちなくなるよりは、「いらっしゃい」って自然に言える方がまだマシだと思うし」

なるほど、まずは基礎を身に着けるのが肝要だと。

「で、お客さんが前に来たら、ドリンクのオーダーを取るんだけどぉ……そうだねー。例えば、仲の良い男の子とかぁ、彼氏とかに言うみたいにしてみれば良いと思うよ」

「彼氏……？」

私は小林先生との、普段のやり取りを思い浮かべる。

「ドリンクは……いかがいたしましょう？」

「どんな彼氏と付き合ってんの!?　『何飲むぅ？』とか、『ドリンクどうしちゃう？』とか、そんなのでいいんだってば！」

そこからまーこさんを相手に、お客さんが入ってきたら『いらっしゃい』、カウンターの前にきたら『何飲むぅ？』と、素振りのごとくに反復練習。

「で、ガールズバーで一番大事なのは会話。って言っても、基本的には自分が話したい人ばっかかだし、こっちはいーかんじに相槌打ってあげればおけまる」

「お、おけまる？」

「オッケーってこと。で、相槌は『それな』『あーね』『やばっ』の三つあれば、大体回してけるし。慣れてきたらてきとーにギャル語挟んであげれば、お客さんも喜ぶよ」

「は、はい」

これは大体わかる。

『それな』が共感、『あーね』が理解、『やばっ』が驚嘆の意だ。

「で、その人見てさー、適当に話ふってあげんの」

「それは……難しいような」

「じゃ、あーしお客さん役やるからさー、練習してみよ！　ね！」

そして、練習すること二十分。

なぜかまーこさんは、何かとんでもない珍獣を見つけた探検隊の隊員みたいな顔をしていた。

×××

『部屋』へと戻ってきた僕と黒沢さんは、食堂でリリと芸能事務所攻略について打ち合わせを始めていた。

テーブルの上には社長から渡された、黒沢さんが移籍した場合の待遇について書かれたコピー用紙。

黒沢さん曰く「そりゃー食い付くよね。こんな条件だされたら」とのこと。

「で、リリ、マジでアレやんの？」

僕がそう問いかけると、リリは当然とばかりに頷いた。

僕としては、正直あまり気が進まない。でも、リリは自信たっぷりだ。

「今回は洗脳じゃなくて断罪デビ。折角だから奪うものは奪うデビが、自分たちの罪を告白させて、社会的に殺すのが目的デビ」

「うわ……なんかすごそう、どうすんの？」

黒沢さんが興味津々といった様子でそう口にすると、リリは益々機嫌良さげに胸を張った。

「ふふん！　聞いて驚くデビ！　今回は今流行りのデスゲームデビよ！」

リリが高らかにそう言い放つと、その場になんとも微妙な空気が漂った。

戸惑うような素振りを見せながら、黒沢さんが口を開く。

「デスゲームって……それ、旬過ぎてると思うんだけど」

「いやいや、そんなはずないデビ。毎月、沢山デスゲームの漫画が発売されてるデビよ」

「あれ、惰性だから。出しても大して売れないらしいよ？　そんなにパターンないでしょ、実際」

「なっ!?　一部出版業界を思いっきり敵に回す発言デビよ、それは！」

プンスカと腕を振り回すリリに、黒沢さんは苦笑しながら問いかける。

「まあ……いいけど、で、具体的にはどうすんの？」

「まず、参加者の人選デビ。これは済ませてあるデビ」

「僕と黒沢さんは確定として、他に何人かってこと？」

「デビデビ。それなりに演技力が必要な役割デビ。フミフミのハーレムの中でも、比較的常識人、且つ器用な人間を選抜したデビ」

常識人という言葉に、僕は思わず首を傾げる。

正直、思い浮かぶ顔はない。そんな人いたっけって感じだ。

「まず、フミフミとくろさーちゃんは当然デビ」

「当事者みたいなもんだしね」

「それにＡＶ子」

「あ、金谷さん、黒幕役とかじゃないんだ？」

「ＡＶ子が参加してるというだけで、その社長とかをビビらせられるデビよ」

なるほど。騙して海外に売り飛ばしたはずの人間がいれば、それだけで無茶苦茶怖い。

「で、前回のデスゲームの生き残り役。とりあえず意味深な発言ばっかりする役に、『ぶあいそ』を当てるデビ」

「あぁ……いるなぁ。そういうキャラ。まぁ、白鳥さんは確かにそれっぽいね」

「次に、ハリウッド映画でいう、陽気な黒人役を『なんでやねん』」

「島さんね」

「で、無害そうなのに、実はシリアルキラーという役を……おっぱいちゃん！」

「真咲ちゃん⁉」

それは……なんかヤバい気がする。

ミスマッチかと思いきや、実はとんでもなくマッチしているような……。

「じゃあ、真咲が黒幕ってこと？」

黒沢さんの問いかけに、リリがふるふると首を振る。

「違うデビ。あくまでたまたま迷いこんだシリアルキラーって役どころデビ」

一体どんなシナリオなのだろう、それは？

「で、開始二分で殺される役が、リョーコデビ」

「「扱いがひどい！」」

僕と黒沢さんは、思わずハモる。

相変わらず、今一つ報われない涼子。僕は割とマジで、彼女は不幸な星の下に生まれついているんじゃないかと、そう思った。

✖友達という概念について

閉店作業を終わらせて、ロッカールームへ戻ってきた。

人気投票の結果は、今日も最下位。付け焼き刃でどうこうなるようなものではないのはわかっていたけれど、想像以上に難易度が高い。

それでも今日は誰も怒らせなかったし、たった二票だけれどお客さんが私に票を入れてくれた。こんな小さなことがどうしようもなく嬉しくて、明日はもっと頑張ろうと思えた。

早く一位を獲らなければいけないという焦りはあるし、この理不尽な状況への腹立たしさも消えてはいない。それでもなんとか、前を向いて歩み出したような、そんな気がしていた。

まーこさんには、感謝してもしきれない。

接客の指導をして貰ったこともそうだけれど、仕事中も会話がおかしくなってきたら、すかさずフォローしてくれて、ドリンクの用意の仕方も丁寧に教えてくれた。

お礼をいうと彼女は、「友達なんだから、あたりまえじゃん」と屈託のない微笑を浮かべる。

びっくりした。友達だったら当たり前らしい。

今日のキャストは昨日と一緒。

在籍キャストは全部で三十一人いて、シフト制になっているそうだけれど、今日はたまたま昨日と一緒だったらしい。

朝方のどこかフワフワとした空気の中、今はみんなロッカールームで着替え中。

私自身は着替えも何もないのだけれど、人のいるところで通勤口を開くことは禁じられているので、何をするでもなく、ぼんやりとパイプ椅子に座って他の子たちが着替え終わるのを待っていた。

きゃっきゃと楽しげな彼女たちの様子は、学校の同級生たちが騒いでいるのと大きな違いはない。

「あれぇ、タカっちどしたん？　着替えないの？」

「え、ええ、ちょっと休憩してから……」

声を掛けてきたのは、昨日、今日と人気投票でトップだったレナさん。

話を聞いてみたら、私の志望している難関大学の法学部の学生なのだという。将来は裁判官志望だというのだから驚きだ。

何で、こんなバイトをしているのかと聞いてみると――

「あはっ、無理言って大学行かせて貰ってんだし、お金の事で親に迷惑掛けられないっしょ。ここなら色んな人と話せるし、いいけーけんになると思うんだよねーってのは建前で、ぶっちゃけノリ」

大丈夫か、日本の法曹界。ノリで判決を下されたら、堪ったものではないぞ。

私の目に、彼女は特に美人とか可愛いという風には見えないのだけれど、どういうわけか、彼女目当ての常連さんが沢山いる。

私が愛想笑いを浮かべると、彼女は下着姿のまま近づいて来て、じっと私の顔を眺めた。

「な、なに……？」

何か怒らせるようなことを言っただろうかと身を逸らすと、彼女は、にぱっと笑って口を開く。

「やっぱ、もったいない！　せっかく可愛いのにさ。肌そんだけ焦がして髪の色もセメセメなのに、や、逆だね……そんだけ派手な分、ノーメイクだと顔がのっぺりしちゃって、印象薄くなっちゃってんだよね」

「の、のっぺり？」

すると、他の二人とまーこさんも私を取り囲むように覗き込んでくる。

「あ、言われてみれば」

「そっか、なんか違和感あったんだよねー」

「よーし、じゃあ、このレナちゃんが、メイクのコツってのを教えてあげちゃう」

「え、えっ？　えっ？」

私が戸惑っているうちに、彼女たちは鞄から手に手にメイク道具を取り出して、私の顔にメイクを施し始めた。

「ギャルメイクのコツはやっぱ目なわけよ。そんだけ肌の色濃かったら、割とばっちりメイクしないとぼやけちゃうんだよね。アイプチ、アイラインでぱっちり二重にして……つけま欲しいとこだけど」

「あーアタシ、新しいのあるよ、来る前に買ったの、あげる～」

「お、いーね！　で、最近のトレンドはちょっと垂れ目気味に仕上げて、甘さを出しちゃう。眉はねー出来るだけ髪色に合わせたほーがいいんだけどぉ、とりあえず、今日はあーしのでやっちゃうねー」

「あ、あの……」

「うっはー、タカっち肌きれーだよね。ホントなら土台からモリモリの盛りっといくんだけど、ナチュラルで十分っぽい」

どうしていいかわからない。が……彼女たちはわいわいと盛り上がっている。下手に拒絶して水を差すのも気が引けた。やがて――

「うん、カンペキ☆」

レナさんが満足げに頷くと、残りの三人が「わー！」と騒ぎながら、パチパチと手を叩く。

「ほらほら、タカっち！」

そう言いながらマーコさんが、私の方に姿見を向けた。

鏡の中にはギャルがいた。それも目鼻立ちのしっかりとした外国人みたいな顔をした……それなりに美人だ。

「素材は悪くないんだからさー。ちゃんとしたら、こんな可愛いんだってば」

「やっべ、惚れるっ！」

「ね、ね、レナの思ったとおりっしょ」

「いや、おめーがどう思ったかはしらねーよ、エスパーかよ」

彼女たちは「ぎゃははは」と笑い始める。

「タカっち、明日からちゃんとメイクしようず！　そしたら人気投票もガン上がり間違いなしっしょ」

どうして彼女たちは、そんな敵に塩を送るようなマネをするのだろう？　私が少々努力したって、眼中にないということなのだろうか？

「メイクの仕方わかんなかったら、いつでも聞いてよね。レナ、今月は週五でシフトいれてるしー」

「あ、ありがとう……」

私が戸惑いながらそう告げると、レナさんはにっこり笑ってこう言った。

「友達なら、あたりまえでさーな。水臭いよ、お水臭い」

「ガールズバーなだけに」

まーこさんがツッコんで、彼女たちはまた皆で「ぎゃはは」と笑う。

ビックリした。どうやら彼女たちも友達らしい、私の。

どうやらここでの友達の概念は、私の知る友達の概念とは違うようだ。……むずかしい。

やがてひとしきり騒いだ後、彼女たちは着替えを済ませてロッカールームを出ていく。

「じゃーねっ！　タカっち！　また明日ー！」

最後にまーこさんが出て行ってしまうと、ロッカールームはシンと静まり返った。

（なんだろう。嫌な気分ではないのだけれど……）

複雑な想いを抱えながら、私は通勤口を開いて部屋へと戻る。

朝ごはんは閉店作業前に賄《まかな》いで済ませた。後はシャワーを浴びて眠るだけ……。

(そういえば、バスルームにメイク落としはあっただろうか？　無ければゴキブリメイドに、メイク落としをお願いしないと……)

そんなことを考えながらテーブルの上に目を向けると、そこにはポータブルＤＶＤプレイヤーと、何本かのＤＶＤが置かれているのが見えた。

(……何だろう？)

今どきブルーレイでもない辺りが、微妙にケチくさい。

昨日の出勤前、ゴキブリメイドに「参考書になりそうなものを用意して欲しい」とそう頼んだのだけれど、どうやら映像教材を用意してくれたらしい。

確かにギャルだの接客だのを学ぶなら、本よりも映像の方が理に適っているような気がした。

だが――

「な、な、な……なによこれ！」

ＤＶＤの山を目にして、私は思わず声を荒げる。

『黒ギャルナンパプレミアム』

『黒ギャル数珠繋ぎ！　友達の友達はみんなビッチ』

『淫乱黒ギャルお姉ちゃん！　魅惑のザーメン搾り』

『ヌルテカ黒ギャルオイル流出！　あはーん☆アタシの油田を掘削して！』

『黒ギャルお母さん』

『黒ギャルビッチ搾精祭り。朝までサンバ☆サンバ』

『販売士二級試験徹底対策DVD』

AVだった。誤解のしようもないぐらいAVだった。

いや……最後の一本はAVではないけれど、それがまた『高田さまのご要望通りですよ』と、ゴキブリメイドにそう言われているような気がして、無茶苦茶腹立たしかった。

✖森部沙織

「がいじん！　また来たんだー！」

「がいじーん、がいじーん」

「……あはは」

まとわりついてくるガキどもに、とりあえず愛想笑い。本心では非常に殴りたい。

特に、シレっと尻を撫でまわしてくる坊主頭のガキ。ボクの尻はそんなに安くないぞ。おまえには、成人後に利子付きで請求書を回してやる。

だが、フミオとサオリが公園に入ってくるのを目にした途端、ガキどものウザ絡みの対象がそっちへと移っていった。

「フミオー、おせーよ！　ばーか！」

「フミオー！　ほんっとのろまだなー」

「あーうるせー、うるせー、スタンプ押してやんねーぞ！」

「おうぼーだ！　フミオのくせに！　おばさんに言いつけてやるからなー」

「はいはい、わかった、わかった」

しがみついてくるガキどもを軽くあしらいながら、フミオはボクの方へと軽く会釈する。

「じゃ、始めるからなー。沙織ちゃん、お願い！」

「うん！　お兄ちゃん」

サオリがベンチの上に置かれている古めかしいラジカセの再生ボタンを押した。

カセットテープ特有の長い頭出し。テープが伸びているのか、最初の一秒ほどの音がぐにゃっとよれる。

それでもどうにかニ長調の軽快なピアノの音が響き渡って、ラジオ体操がスタートした。

なんだかんだと言いながら、音楽がかかればガキどもは一生懸命に体操をし始める。そしてラジオ体操の第二までを終わらせ、サオリが停止ボタンを押して終了。

スタンプを押してもらうために、ガキどもがフミオの前に一列に並ぶのを横目に見ながら、ボクはサオリの傍へと歩み寄った。

「おつかれさまー」

「お、おつかれさまです。クラウディアさん、その……今日も参加されてたんですね」

「うん、ちゃんと地域のコミュニティに溶け込んでいかないとって思ってさ。ボクなんかは色んな意味でよそ者なわけだし……」

「確かに見た目は、外国の人ですもんね」

「中身は、がっちり日本人なんだけどね。それはそうと、どう？　ウチのお姉ちゃん厳しい？」

「え……コーチは……ちょっと怖い……かな。それに照屋先輩も……声大きいし」

「あはは、そっか」

（ほんと小動物みたいな子だな……サオリは）

俯《うつむ》いて消え入りそうな声を漏らす彼女に、ボクは思わず苦笑する。

昨日、今日とラジオ体操に参加して話をしてみても、やっぱり悪魔に魂を売ったとか、そんな風には見えない。

ボクの能力が効かないという一点を除けば、サオリはただの女の子。それも人並み以上に気の弱い、ただの女の子だ。

（うーん……やっぱ怪しいのはフミオの方なのかなぁ？）

一応、立岡にサオリのことを調べさせてはいるけれど、無駄だったかもしれない。

（ま、いいか……どうせ立岡だし）

そんなことを考えていると、スタンプを捺《お》し終わったフミオが、こちらに歩み寄ってきた。

「おはよ、クラウディアさん、今日も早いね」

「ほんとは夜型だけど、頑張ってんだってば。今ももう、目はしょぼしょぼだよ」

「あはは、じゃあ、この後帰って寝る感じ？」

「寝るね、もうめっちゃ寝るね。寝る寝る寝る寝るね」

「あはは」

　他愛もないやり取り。

　本音としては、さっさとクリティカルな質問をぶつけて白黒付けたいところではあるのだけれど、核心をついて今、牙を剥かれても困る。

　ボクら探偵ＪＫとしては、犯人を突き止めて公表できればそれでいいのだ。それで充分、ボクらの名前は上がる。捕まえるのは警察の仕事なわけだし。

　もっとも、昨晩遭遇した怪力メイドには、ボクも顔を見られている。もし、フミオかサオリが犯人なのだとしたら、もっと警戒されてもおかしくないようにも思えるのだけれど……。

「それにしても、フミオとサオリって仲良しだよねー。もしかして付き合ってるとか？」

「ぶはっ!?」

　考えなしの一言だったのだけれど、サオリが過剰なまでに反応した。

「つ、つきあってない！　つきあってないよ！　お、幼馴染み！　幼馴染みなんだから、仲良くって当然だよ！　ね、お兄ちゃん！」

「うん、まあ……」

　顔を真っ赤にし、手を振り上げながら慌てる彼女の姿を目にすれば、まあ……彼女の気持ちは誰だって想像がつく。

「そ、そりゃぁ……お兄ちゃんはかっこいいし、モテモテだし……私だって、その……チャンスがあれば……その……」

明後日の方向を向いてブツブツ呟いているさおりを横目に、フミオがヒソヒソとボクに囁きかけてきた。

「クラウディアさん。からかっちゃダメだってば……。沙織ちゃんはすっごく気を使う子で、イヤでもイヤっていえないんだからさ。僕なんかと付き合ってるとか言われたら、そりゃー困るでしょ」

（なんだろう。こいつら、すんげーめんどくさい。特にフミオの発言に嘘を吐いてるつもりがないのが、また……）

「ねぇ、フミオ、サオリとは、ずっとこんな感じなの？」

だとしたら、彼女が不憫でならない。

「ずっとっていうか……沙織ちゃんと話をするようになったのは割と最近なんだよね。小学校の時は一緒に集団登校してたらしいんだけど、あんまり記憶にないし……」

「そうなの？　サオリ？」

「うん、たまたまお兄ちゃんに助けて貰うようなことがあって、またお話しできるようになったのって、先月ぐらい……かな」

「ふーん……そうなんだ」

二人と別れて家へと戻る道すがら、ボクは『神隠し過ぎ事件』のあらましを整理してみる。

警察の捜査情報を閲覧できれば、もっとはっきりしたことがわかるんだろうけど、今のところ情報源は新聞、雑誌、ネット、立岡の話、ヒカリの話を寄り合わせたものだ。

最初に行方不明になったのは、黒沢美鈴という女子生徒。登校直後に行方がわからなくなり、十三日後の夜中に学校の前で保護された。

黒沢美鈴に続いて行方不明になったのは、羽田真咲。

そして、その後だ。立岡が悪魔と遭遇し、記憶の一部を奪われたのは。

あの男が拉致された場所はラブホテル。立岡は、藤原舞という女子生徒に誘われてホテルに入ったと言っているが、それは嘘。ヒカリから藤原舞が売春常連者であると聞いている。恐らく立岡は、彼女を金で買ったのだろう。

ややこしいのは、その藤原舞がフミオに首ったけなのだということ。

この辺りの関係はよくわからない。もう少し立岡に突っ込んで聞いてみた方が良いかもしれない。

そして、陸上部員十八名が行方不明となった。

『神隠し過ぎ事件』という表現がネットに現れ、この辺りから急激に話が込み入り始める。欠落情報も多い。

続いて女子生徒が一人、フミオが怪しいと警察に告げた後、行方不明になった。

但し、これは狂言であったことが判明している。その女子生徒がフミオにフラれた腹いせに罪を着せて困らせてやろうとしただけだ。

(フミオ、ほんとモテモテだな。いったいどこが良いんだろ……)

そして、最初に行方不明になった生徒——黒沢美鈴が、なぜかフミオと一緒に帰宅する途中で、黒い大型車両に乗った男たちに攫われた。これについては、フミオだけじゃなくて黒沢美鈴の恋人も目撃していたらしいから、狂言というわけじゃない。

拉致される瞬間が目撃されたのは、この一度きりだ。

で、さっぱりわからないのがこの後。

翌日、フミオは唐突に神島組の事務所に突入した。

ネットのまとめサイトには、黒沢美鈴を乗せた黒いバンを見かけたからと書いてあったが、そんな理由で反社の事務所に突入出来るヤツは、正直頭がヤバい。

しかも、フミオが突入した直後、続いて警察が組事務所に突入したのだという。

ラノベもびっくりのご都合展開である。

そして警察は、そこで一年生四名を除く陸上部員、黒沢美鈴、羽田真咲、それにその他数名の行方不明になっていた女性を発見した。

(そんなことあり得るのかなぁ……いくらなんでも出来過ぎだろ)

先日襲い掛かってきた怪力メイドは、照屋曰く行方不明のままの一年生四名の一人だという。

つまり、この四名に関しては、未だに悪魔の手元にいると思っていいだろう。

ヒカリの姉――アンナとその他の組員は逮捕。フミオも一緒に逮捕されたが、すぐに釈放されたのだそうだ。

ネット上では、当初フミオを英雄視するような雰囲気があったのだけれど、彼の中学の卒アル写真が晒されるや否や、『逆切れしたいじめられっ子が、泣き叫びながら殴りかかっただけ』と、そう揶揄されるようになった。

ともかく、さおりが『助けて貰った』と言ったのは、このタイミングのことだろう。

『ずっとっていうか……沙織ちゃんと話をするようになったのは割と最近なんだよね。小学校の時は一緒に集団登校してたらしいんだけど、あんまり記憶にないし』

フミオのこの発言に纏わりついていた色は青、嘘ではなかった。

つまり、フミオとサオリが共謀して何かを行ったというのは有り得ない。

フミオが怪しいという話の発端は、立岡である。

『救い出された黒沢美鈴と羽田真咲は、現在木島と親しく付き合っているらしい。女の子を沢山侍らせている』

この状況を見れば、立岡の言うこともわからなくもない。神隠し過ぎ事件の結果、一番得をしたのはフミオだ。

だが、見方を変えれば、フミオの為にサオリがお膳立てしたと考えられなくもない。

なにせサオリには、ボクの能力が効かないのだ。天使さまが与えてくださった恩寵が効かないとなれば、やはり悪魔の関与を疑わずにはいられない。

家に帰ってダイニングに足を踏み入れると、お姉ちゃんが先に朝ご飯を食べていた。

「おかえり」

「ただいま、お腹減ったー！　目玉焼き両目で！　トーストはジャム塗ってー！」

ボクがそう捲し立てると、お姉ちゃんは呆れたとでもいうような顔をする。

「クラウディア……自分でやろうとは思わないのか？」

「思わない。誰がどう考えても、お姉ちゃんの目玉焼きの方がおいしいんだから」

「……そうか」

お姉ちゃんは肩を竦め、食べかけのトーストを皿に置いて立ち上がる。

そして、冷蔵庫の扉に手を掛けたところで、何かを思い出したかのように振り返った。

「そう言えば、立岡からメールが来ていたぞ」

「ん、なんて？」

「酷くもったいぶった書き方をしているのだが、詳しくは折り返し電話を寄こせだと」

お姉ちゃんはジーンズの尻ポケットからスマホを取り出すと、メールアプリを立ち上げてテーブルの上を滑らせ、手元に滑り込んできたスマホを覗き込んで、ボクは思わず片眉を吊り上げる。

『森部沙織は、一度死んでいる』

そこに書かれていたその一文は、あまりにも不穏過ぎた。

×××

今日、ボクは予定を変更して、陸上部の練習を見学することにした。

朝、立岡と電話で話をして、そうしなくてはならない理由ができたからだ。

八回目のコールで電話に出た彼は、酷く不機嫌そうだった。単純に寝起きが悪いらしい。

『……電話くれって書きましたけどぉ、時間ぐらい考えてほしいもんっスね……ったく』

「うるさい、クソニート。七時台には世間様は起きてるんだよ」

『ニートじゃないっス。まだ学校には籍は残ってますってば』

「そんなことはどうでもいいからさ。サオリが一度死んでるってどういう意味さ」

『いや……俺も色々がんばったんスよ。褒めてくれてもいいと思うんだけどさー……。ま、いいや。その森部って子の卒業した小学校を訪ねて、元担任ってのに話を聞いたんスよ。定年間際のお爺ちゃんでしたけど』

「……よく不審者扱いされなかったね」

『そんなの「友達みんなでぇー、森部ちゃんの誕生日のぉー、サプライズのネタを探してるんスよねぇー」っていえば、大体OK。みんなノリノリで色々教えてくれますって』

「へー……チャラさが役に立つこともあるんだね。びっくりしたよ」

『ふふん。で、せんせ、「森部のことは良く覚えてる」って言ってて。なんで覚えてるかってーと、「一回死んだからだ」っていうわけっスよ』

「だから、その一回死ぬって状況が、何なんだって聞いてんのさ」

『堪え性のないヒトだなぁ……小学五年生ん時に、親御さんから連絡があったんですって。「高熱を出して今朝、息を引き取った」って。で、生徒たちにも報告して、みんなで泣きながら黙祷の時間とか取ったのに、翌日普通に登校してきたんですってよ』

「はぁ？　なにそれ？」

『それなー。ほんと、何それって話。せんせ、慌てて森部の家に電話したらしいんだけど「そんな電話した覚えはない。悪戯だったんじゃないか」って言われたらしくて。でも、先生は間違いなく森部の母親の声だったって言っちゃうわけっスよ』

「……ボケ老人の戯言《たわごと》ってことじゃないの？」

『まあ、正直その可能性もあんっスけど。面白いのはその後。その死んだ、死んでないって騒ぎを境に、その森部って子の性格が全く変わったんだそうです。それまでは明るくてわがまま、クラスの中心にいるような子だったのに、大人しくて気弱、控えめな性格に』

ボクは、思わず息を呑む。

『「見た目は一緒。でも全然別人のようだった」ってせんせ、そう言ってました。他の教員とも「実は双子の妹なんじゃないか？」なんて冗談を言ってたそうっス』

(決定的だ)

ボクは、そう思った。その小学五年生の段階で、彼女と悪魔が入れ替わったのだと。

考えてみれば、陸上部員たちが、犯人と未だに繋がりを持っているのを隠していたのも当然だといえる。

なにせ、悪魔が同じ部内にいるのだから。

フミオが関わっているのかどうかはわからないし。もし関わっているとしても、悪魔——モリベサオリを利用しているのか、利用されているのかはわからない。

だが、彼女を徹底的に監視し、悪魔である決定的な証拠を見つけてしまえば、状況は大きく進展する。

サオリが、この事件の鍵なのだ。

✖ DV彼氏と貢ぐ彼女

唯ちゃんは意外と強情だ。

使用人として働いてもらうとは言っても、それは建前。実際は、お義父《とう》さんが唯ちゃんママを保護するにあたって、引け目を感じさせないようにしたいというだけの話。

お義父《とう》さんは、唯ちゃんママに芸能界復帰して欲しそうなことを言っていたし、その気があれば、たぶんノリノリでバックアップすることだろう。

だから、どっちかというとお客さんを迎えるぐらいのつもりでいたのだけれど――

「お嬢さまにお仕えするメイドとして、全力を尽くしますわ。やるからには頂点。極めろメイド道！　統べろメイド界、お母さま、私たちは後ろを振り返らず、メイド坂を上っていくのですわ」

「ええ、そうね～唯さん」

唯ちゃんはやる気満々。唯ちゃんママは、可愛らしくパチパチと手を叩いていた。

うん、たぶん、唯ちゃんママは何も考えてない。

それはともかく、坂なのか道なのか世界なのかどれか一つに絞って欲しい。とっ散らかり過ぎて、気になっちゃうから。

「えーと……でも、メイド服とか着なくてもいいよ」

「いいえ！　メイド服はメイドの魂だと伺っております。お給金をいただいて働かせていただく以上、魂を脱ぎ捨てるわけには参りません」

でも実際、ウチの使用人は、別にメイド服なんか着ていない。

彼女が先輩メイドさまと呼んでいるパートの田中さんも、自前の割烹着である。

それをいうと、「割烹着は、メイド服ですわ！」と、謎の回答。

（うーん、そうかーあれ、メイド服だったんだー。ごめんごめん……うん、もう無理）

そんなわけで、割と唯ちゃんはあーしの手に負えない感じになっていた。

（おかしいなぁ……そういうキャラは、あーしの専売特許の筈なのに……）

どうにも調子が狂う。

補習のために学校へ向かう道の途中、今も彼女は、あーしの鞄を胸に抱えながら三歩後ろを歩いている。

「唯ちゃん、後ろを歩かれると話がしにくいんだけど……」

「いいえ、使用人がお嬢さまと肩を並べることなどありえませんわ」

この子の家にも以前は使用人がいたはずなのだけれど、こんな感じの扱いだったのだろうか？　先天的お嬢さまと、あーしみたいな元庶民の後天性似非《えせ》お嬢さまでは、精神構造からして違うのかもしれない。

「……っていうか、補習にまでついてこなくても」

「いいえ、舞お嬢さま。常に傍に控え、お嬢さまがご不便をお感じになることがないように全力を尽くす。それがメイドですわ。お嬢さまが勉学に励んでおられる間、ずっと廊下で控えておりますので御用があれば、いつでもお申し付けくださいませ」

（なんだ、その羞恥プレイ……）

正直ウンザリしながら学校に辿り着くと、前方に三人の女性が運動場の方へと歩いていくのが目に留まった。

三人ともジャージ姿だけれど、すごく目立つ。生徒には見えない。

二人は金髪の外国人。そのすぐ後ろを歩いている髪を緑色に染めたもう一人。その横顔を目にして、あーしは思わず顔を伏せた。

（……照屋っち!?　なんで？　なんでこんなとこに？）

背後を振り返ると、唯ちゃんも驚愕の表情を浮かべていた。

そう言えば、彼女も陸上部。照屋っちと面識があって当然だ。

（照屋っちがここにいる理由……何か企んでる？　まさか杏奈先輩のことで、ふーみんに復讐するつもりとか……）

杏奈先輩が逮捕されたのは、ふーみんが事務所に突入したことが原因なのだから、恨みに思っていてもおかしなことではない。

「唯ちゃん、早速お願いごとがあるんだけど……照屋っちを監視してほしいんだよね。学校にいる間だけでいいから」

「照屋先輩を？　どうしてですの？」

「照屋っち……ふーみんを恨んでると思うんだよね。だから、仕返しとかしようとしてるのかもって……」

「監……き、木島さまに仕返し!?」

「うん」

「そいつぁー一大事ですわ。お任せください。このワタクシが必ず尻尾を掴んでお見せします！」

「尻尾って……まだそうと決まったわけじゃないからね。先走っちゃダメ。無理しなくていいから、危ないと思ったらすぐに引き返してね」

「がってんですわ！」

なんだか唯ちゃんのキャラが、どんどん迷子になっているような気がするのだけれど、ともかくこれで一石二鳥。照屋っちの監視のついでに、羞恥プレイの回避にも成功した。

×××

「ただいまですわ！」

夕方近くになって、唯ちゃんが帰ってきた。

照屋っちを監視しにいったきり一向に戻ってくる気配が無かったので、あーしは先に帰宅していたのだ。

「おつかれー！　で、どうだった？　照屋っち」

そう問いかけると、唯ちゃんは少し興奮気味にこう言った。

「凄かったですわ！」

「何が!?」

「愛ですの！　愛ですのよ！　照屋先輩が戻って来られた理由は、愛する殿方に告白するためでしたの！」

『愛する殿方』で、あーしは理解した。

(そーか！　粕谷っちだ！)

なるほど、それならば辻褄が合う。

彼女は、粕谷っちにめちゃくちゃ執着していた。美鈴と別れたことを知って、彼にアタックするために戻ってきたのだ。

唯ちゃんが言うには、午前中は陸上部でずっと短距離走の指導をしていたらしいのだけれど、お昼過ぎに急に不審な行動を取り始めたのだという。

彼女はトイレに籠もったかと思うと、清楚な白いワンピースに着替えて出てきて、そのまま校舎裏の方へ。そこで男の子と会っていたのだそうだ。唯ちゃんは、粕谷っちとは面識がないので特定はできないけれど、まず間違いないだろう。

「殿方の方は、終始不機嫌そうでちっとも興味が無さげでしたけれど……照屋先輩は熱烈に好意を告げられまして……最後はお二人で腕を組んで、裏口から学校を出ていかれましたの」

唯ちゃんは、うっとりと宙を見上げる。

恋に恋する乙女という感じ。誰か好きな人のことを思い浮かべているように見えた。

でも、まー悪いけど、あーしのふーみんより素敵な男の子なんていないんだけどね。

×××

「ん、んちゅっ、ちゅっ……」

アタシは言われるがままに服を脱ぎ、言われるがままに純一さまの脚の間に跪《ひざまず》いて、そのおち○ちんに舌を這わせていた。

初めて見る生おち○ちん。アタシたち姉妹は早くに両親を亡くしているので、父親のモノですら見た記憶はない。

すごくグロテスクで生臭い匂い。それでも純一さまの一部だと思えば、愛おしくて仕方がなかった。

言われるがままに舌で舐めて、口に含むだけで心臓が激しく暴れている。

血の巡りが速すぎて、頭が沸騰するような気がした。

駅裏のラブホテル。ラ・ヴィアン・ローズの一室。初めて入ったラブホテルはドラマなんかで見たのとよく似た雰囲気。今はピンクの照明が、アタシと純一さまを照らし出していた。

鏡に映るアタシの表情は蕩け切っている。いやらしい。一方、純一さまは余り表情に出ない感じ。やはり経験がある分、余裕があるということなのだろうか。

「んちゅっ、ちゅるる、じゅるっ、じゅるっ、んふっ……」

彼に気持ち良くなってもらいたい。その一心で、アタシは必死に純一さまのモノをしゃぶり続ける。

夢にまでみた純一さまとのセックス。この後、初めてを彼に捧げられるのだと思うと、興奮しすぎて頭がクラクラした。

だが――

「痛っ!?」

純一さまは突然、アタシの髪をグイッと掴んで、低い声を漏らした。

「……おい、ビッチ。俺のチ○ポはどうだ？」

「ど、どう？」

「大きいか？　小さいか？」

そんなことを言われても、アタシとしては戸惑うしかない。おち○ちんなんて他に見たことがないのだ。

大きいか小さいかなんてわからない。

（……お、男の人って、大きいって言う方が悦ぶんだよね、確か）

「お、大きいで……す」

アタシが上目遣いにそう答えた途端、純一さまの表情が一気に変容した。

それまで無関心そうだった双眸には怒りの炎が燃え上がり、鼻の頭には深い皺が刻まれる。

「え、あ、えっ……きゃっ！」

戸惑うアタシの髪から手を放すと、彼はいきなり私の肩口を蹴りつける。

アタシは、そのまま絨毯敷きの床の上へと倒れ込んだ。

「嘘つけ、このクソビッチ！　舐めやがって！　てめぇも腹ン中じゃ、ちいせーって嘲笑ってやがんだろが！」

「そ、そ、そんなこと……」

「うるせえっ！」

純一さまは倒れ込んだままのアタシの上に馬乗りになると、大きく手を振りかぶる。

「ひっ!?」

そして、恐怖のあまり喉に声を詰まらせるアタシの頬を、彼は何度も何度も平手打ちにした。

「や、やめ、ご、ごめんなさい、ごめんなざいいい」

パシンパシンと響き渡る破裂するような音。必死に謝るアタシの声は全く黙殺された。

「バカになんてさせねぇぞ！　笑ってみろ！　ぶっ殺してやる！」

「や、やめ、痛っ、バ、バカになんてしてません！　は、初めてだから、お、男の人のがっ！　大きいか小さいかなんてぇぇ！　わかんないんですぅ！」

アタシが必死に声を上げると、頬を打つ手が止まった。

「はん、初めてだぁ？　嘘つけボケ！」

そう言うと彼は、アタシの乳房を掴んで、力任せに捩じり上げる。

「い、痛いよぉ、ち、千切れ、千切れちゃう！」

必死に身を捩る。そんなアタシに顔を突きつけて、彼は口元を歪めた。

「おいクソビッチ！　俺のモノになりたいんだよな！　好きにしていいって言ったよな！」

「い、い、言いました」

「何されてもいいから傍にいさせてほしい。そう言ったのはお前の方だからな」

純一さまはそう言いながら、アタシの身体から降り、自分のおち○ちんに手を添えるとアタシのアソコへと宛がった。

「ま、待って、まだ……」

心の準備も出来てなければ、たぶん身体の準備だって出来ていない。

だが、彼は握りこぶしを作ると、アタシのお腹を殴りつけた。

「うるせえ！」

「うぐぇぇっ!?」

獣みたいな濁った声が漏れて、喉の奥から口の中に酸っぱいものが溢れ出てくる。

（痛い、痛いっ！　なんで？　なんでこんなことに？）

さっき叩かれた頬がジンジンと熱を持っている。口の中も切れて血の味がする。自然と涙が溢れてきた。

「お、おねがい。せ、せめて、ベッドの上で……」

「知るかボケ」

懇願するアタシにそう吐き捨てると、彼はおち○ちんを強引に突っ込んできた。

「ひっ、い、痛っ、ぐっ、ぐううう、いたぃいいいいいい！」

メリメリメリッと体を引き裂かれるような感触。刺すような痛みが脊髄を伝って這い上がってくる。

歯を食いしばり、カーペットに爪を立てながら、アタシは身を仰け反らせた。

「う、うぁっ……うぅっ、うぇっ、うぇっ……」

言葉にならない。涙と共に、ただ嗚咽が零れ落ちる。

「なんだ。もっとガバガバかと思ったら、意外とキツイな」

そう言って、彼は容赦なく腰を動かし始めた。

「ぎぃいっ！　い、痛い！　いたぁあああい！」

痛くて痛くて仕方がない。できたばかりの傷口を激しく擦り上げられて、思わず悲鳴が溢れ出る。

途端に、再び純一さまが手を振り上げて、アタシの頬を打ち据えた。

「色気のない声出すな、ボケっ！　あんあん喘げよ！　気持ちいいって言ってみろよ！　このクソビッチが！」

「や、やめっ、た、叩かないでぇ！　ひぃいいっ、あ、あん、あんっ！　き、気持ちいいですぅ！」

必死だった。言われた通りに声を上げた。だが、それでも純一さまの機嫌は悪くなる一方だ。

もう、どうすればいいのかわからなかった。

「ふざけやがって！　クソビッチ！　気持ち良くもなんともねぇくせに！　バカにしやがって！」

そう声を荒げると、純一さまは、アタシの首に手を掛けて締め上げてくる。

（く、苦しい、死ぬ！）

手加減無しに首を絞められて、アタシは必死に宙を掻いた。

「じゅ、純一さ、まぁ、ぐ、ぐるじ、し、しんじゃ……ぅ」

「ははははっ！　首絞めたらマ○コもぎゅうぎゅう締め付けてきやがるぞ、クソビッチ！　いいか肉便器！

これからも俺に抱いて欲しかったら、頑張ってマ○コ締めやがれ！」

「ひゃ、ひゃぃいいい、ぐぅううっ、がはっ、かはっ！」

純一さまは容赦なく腰を打ちつけながら、首に掛けた手に力を籠める。

彼の目つきは虚ろ。

アタシに向けられた目は、アタシではない誰かを見ている。そんな気がした。

頭がぼーっとして、意識が遠のいていく。

ピンクの照明がチカチカと明滅する。次第に暗くなっていく視界。

意識が闇に飲まれようというまさにその瞬間、純一さまがアタシの胎内《なか》に精を放つ、そんな感触があった。

×××

「完璧……なはず、なんだけど」

ライトブルーのビキニに着替えて私、高田貴佳はテーブルの上に山のように積まれたDVDを振り返る。

寝る間を惜しんで、DVDは全部見た。

率直に言って、頭がおかしくなるかと思った。

性行為は愛を確かめ合うためのもの。子孫を残すための神聖な行為のはず。

だというのに、画面に登場する女の子たちは、まるでレクリエーションのように男性と身体を重ねていく。

彼女たちは無礼で馴れ馴れしく、貞操観念の欠片も無い。

だというのに、出演している男性たちは、彼女たちのそんな態度を喜んでいるように見えた。

(私の知ってる性行為とは……全然別物だ)

小林先生との行為は静かな夜の秘め事。そんな印象。先生は優しくて、互いの愛を確かめ合うような詩的な行為だった。

先生に身を任せ、私は小鳥のように可愛らしくそれに応じただけ。そんな記憶だ。多少美化されているかもしれないけれど。

だというのに同じ性行為でも、画面の中の彼女たちのは全然違った。

自ら男性の上に跨がって、「もっと深く」だの「もっと腰を動かせ」だのと自分から激しく要求し、男性を揶揄《からか》い、手玉に取りながら快楽を貪るケダモノのようだった。

思い起こせば、なんだか変な気分になる。

私はブンブンと頭を振って、自分に言い聞かせた。

（性行為の部分は見なかったことにしよう！　私が参考にすべきは彼女たちの態度と言葉遣いだ！）

鏡を覗き込んで、ペロリと挑発するように舌を出してみる。

ＤＶＤの中には舌にピアスをした人もいたなどと思い出しながら、彼女たちはどんな風に喋っていただろうかと考えた。

「ちょーいいじゃん。あげぽよ～、あはは、めっちゃシコいわ、それ～」

口に出してみて、首を捻る。

シコいってなんだろう？　よくわからない。たぶん、凄いとかそういう意味だろう。

笑い方は、大口を開けて「ぎゃはは」。男性と話をするときには親しげに、からかうように。

ひとしきりのシミュレーションの後、私は大きく頷いた。

昨日教えてもらったギャルメイクもばっちり。もちろん、レナさんほど上手くは出来ていないと思うけれど、こうやってみると私も結構可愛いのかもしれない。

大丈夫、今日こそ最下位脱出……いや一位を狙うのだ。

早く一位を獲れるようにならないと詰んでしまう。時間に余裕があるわけではない。

大丈夫。私は努力家。皆の見本になるような努力家と、小学校から通信簿に、ずっとそう書かれてきたのだ。

努力すれば、なんとかなるはずだ。

第三十章　アラマキさんは可愛くて猟奇的なマスコット

デスゲーム前夜

ヘッドホンを耳に当て、スイッチを入れる。

ザザッとラジオノイズが走る中に、囁くような声が聞こえて来た。

『お兄ちゃん、今日はね……お母さんと一緒にハンバーグを作ったの。作り方はちゃんと覚えたし、お父さんもおいしいって言ってくれたから……お兄ちゃんにも食べて欲しいな』

「狡猾な悪魔め……もしかして気付かれてるのかな」

ボクは小さく呟きながら、冷め切ったコーヒーを呷《あお》る。

サオリの監視を始めて六日が経った。今のところ、全く尻尾を掴めていない。

彼女は普通——いや、むしろ優等生と言っても良いぐらい善良な女の子として振る舞っている。

盗聴マイクの向こうから聞こえてくるこの声は、彼女の日課。

彼女は寝る前に、恐らくフミオの写真か何かに、毎日の出来事を報告するのだ。

ラジオ体操の帰りに一度、「学校のこと教えて！」と強引に彼女の部屋に上がりこんで、飲み物を用意してくれている間に盗聴器を仕掛けたのだけれど以来毎晩、この乙女チックな報告を盗み聞きする羽目に陥った。

「照屋先輩に叱られて泣いちゃった」だの、「通学途中の畑に向日葵が咲いた」だの、「アイスキャンディーで当たりが出た」だの、どれも悪魔らしくもない報告。

ベッドに入った後のサオリは、いやらしいことをすることもなく、かなり寝つきは良かった。

でも朝は弱いようで、起こしに来た母親を相手に結構グズる。

母親の方も心得たもので、「文雄くんにそんなだらしない顔見せられないんでしょ？　起きなさい！　支度する時間なくなっちゃうわよ」とそう言って、彼女をベッドから追い立てるのだ。

ボクは、唇を尖らせながら呟いた。

「このままじゃ埒が明かないなぁ……」

もうしばらく監視して進展がなければ、少し強引な手を使うしかない。

いかに悪魔とて、命の危機に陥れば正体を現すだろう。但し、正体を現すということは、悪魔とガチにやり合う覚悟が必要なのだけれど。

×××

「クラウディアは？」

私が問いかけるとヒカリは「ん」と上を指さす。二階にいるということだろう。

ここしばらくあの子は、ずっと森部沙織の監視や盗聴を続けている。

「コーチは、森部が悪魔っての……どう思います？」

「正直、信じられないな。あんなどんくさいのが悪魔だとはね」

ヒカリが監視しやすいように、短距離にコンバートしてみたものの、彼女は信じられないくらい足が遅かった。

走る姿は、お花畑を走る田園少女とでも言った風情。

かなりの内股で、足が遅いのもそれが原因だろうと、今はヒカリと二人掛かりで、ストレッチによる骨格矯正を行っている。

「でもね。クラウディアがそう言うならそう。今まで間違いがあったことなんてない」

「ふーん」

照屋は胡散臭げに目を細める。その顔は湿布と絆創膏だらけだ。

最近、彼氏が出来たらしいのだが、どうにも酷い暴力男らしくて、彼女の身体は痣《あざ》だらけ。顔も湿布を貼っていない日はない。

私とクラウディアで、そんな暴力男とは別れるように諭したのだが、彼女は聞く耳を持たなかった。

「でも、時々優しくしてくれるから……」

と、どこか嬉しそうな顔をする彼女のメンタリティは、私には理解できそうにない。

そんなことを考えているとヒカリが――

「そうそう、お姉ちゃんから連絡があったんだけど」

――と、そう言った。

×××

「電車ってぇ、どこでガソリン入れんの？」

「ガソリン!?　入れないよ！　そんなの」

「すごっ、電車パナい。ガソリン無しで走んの？　それヤバくない？」

「あはは、タカちゃんって面白いことというなぁ、電車だから電気で走ってんだってば」

「あ、そっか！　ゲンさん、物知り〜！」

鉄道オタクだという小太り眼鏡の相手をしながら、私は胸の中でほくそ笑んだ。

(はい、これで、また一票ゲット！)

持ち上げるところもない男のために、おバカのフリ。

相手より下に降りて庇護欲を煽《あお》り、褒めておだてて、とどめは潤んだ瞳で上目遣い。

惚れたかのように、錯覚させてやる。

そんなことを繰り返していたら、働き始めて四日目で、遂に人気投票一位を獲れた。

ルールを把握し、それに合わせて一生懸命努力すれば、当然成績は上がる。それはガールズバーの仕事でも勉強でも変わりはない。

だが一位を獲れたその日は、レナさんが出勤していなかった。

そして今日、レナさんが出勤してくると、私はあっさり二位に落ちてしまったのである。

私は、思わず歯噛みする。

あくまで計算上だが、夏休みが終わるまでに一位を獲れない日が七日を越えると、そこでゲームオーバー。稼ぎが三百万円に届かなくなってしまう。

現時点で、既に五日を無駄にしてしまっている。もう本当に猶予はない。

私は今日の出勤前、なにかヒントはないものかと再度、ＤＶＤを頭から鑑賞していた。

ギャル語はもう完璧だと思う。態度や接客も大丈夫。たぶんもう、まーこさんより私の方が上だとすら思う。

「レナさんと私の違い……なんだろ？」

正直、ちゃんと化粧をすれば、レナさんより私の方が美人だ。

でも、私とレナさん両方と話をしたお客さんは大抵、レナさんの方に票を入れるのだ。

こうやってＤＶＤを見ているといっそのこと、身体を使ってお客さんをメロメロにできれば楽だなとさえ思えてくる。

そう思った途端、レナさんにあって自分に足りないものは何かが、大体わかったような気がした。

彼女はガードが緩そうに見える。押せばエッチできそうって、なんとなくそんな雰囲気が漂っているのだ。

昨日も酔っぱらったお客さんが「れなちゅわーん、結婚してよぉ」などと言い寄ると、彼女は「あはは」と笑いながら、「妊娠もしてないのに結婚するとかマジありえんてぃー」と、軽くあしらっていた。

(ちょっと待って!?　妊娠の方が先なの？)

――と、衝撃を受けたものだがあの時、お客さんの方が照れたような顔になっていた。

妊娠＝セックス。そんな想像をしたのだと思う。つまり私が努力すべきは、エッチな雰囲気を身に着けることなのだ。

私はＤＶＤのパッケージを眺め、姿見の前で女優さんと同じポーズを取ってみる。

ビキニブラをズラして胸を露出し、大きく脚を開いた。恥ずかしい。それでも、感じているかのようなエッチな表情を作りながら、舌を出して両手でピースサイン。

バカみたい。頭の中にはそんな想いと共に、鼻の下を伸ばすお客さんの姿が思い浮かんでいる。男の人の欲望塗れの視線を胸の谷間で受け止めながら、順調に票を稼ぐ自分の姿がイメージできた。

（こんな雰囲気を身につければ、明日は絶対一位を獲れる。そうだ！　ビキニももっと布地の少ないえっちっぽいヤツの方がいい）

大丈夫――そう思えた。

努力は絶対に裏切らない。それが私、高田貴佳の信条なのだから。

×××

「完璧デビ！」

リリが大きく頷いて、ニッコリと笑う。

遂にデスゲーム用フィールドの準備が出来たのだ。

それは、八十畳ほどもある白一色の大部屋。

中央には、十一人が座れる白い円卓があり、三面の壁には十二の扉。残りの一面には壁面一杯の大型モニターが設置されている。

扉は一つだけが赤く塗られ、それ以外の扉には、今回の参加者の名前が記されていた。

「いやぁ……大変だったね」

今回苦労したのは、家具設置では用意できない、大型モニターと各部屋の監視カメラ。

リリが配線の必要のない物を用意してくれたのだが、それでも、それを固定する作業は全部手作業だ。それをメイドさんたちにも手伝って貰って、どうにか終えた。

「明日、オフィスで契約書の話になったところで決行デビ。おっぱいちゃんとなんでやねんは、最初から連れて行くんデビな？」

「うん、一緒に移籍させたい新人モデルってことで……。唐突に出てくるより、その方が巻き込まれた感じが出そうだし」

「良いと思うデビよ。併せて、フリージアとトーチャーに女モデルと男モデルを攫わせるデビ」

僕は一つ頷くと、あらためてデスゲームフィールドを見回す。

黒沢さんは「デスゲームなんて旬を過ぎてる」、そう言っていたけれど、ここまでくるとワクワクが止められない。

文化祭の前日みたいな、そんな気分。

まあ、実際の文化祭が楽しかったことなんて一度もないんだけど。

✖ 十二人目の参加者

「「ぶふぅぅぅっ！」」

僕が寝室に足を踏み入れた途端、島さんと真咲ちゃんが一斉に噴き出した。

ぶかぶかの紺のスーツによれよれのシャツ。無駄に鮮やかな赤色のネクタイに丸眼鏡。

いつも以上に猫背気味の立ち姿。

御存じ、モデーロ企画新人マネージャー、文島雄男スタイルである。

「そこまで笑わなくても……」

「う、うん、ご、ごめん。で、でも、だ、だめ、わらっちゃ、く、ふふっ……ぶふっ……」

「アカン、それは、ぷぷぷっ、アカン……は、反則やろ、そんなん」

二人がどうにか落ち着くまで掛かった時間は五分。

その間、彼女たちは口元を押さえたまま、プルプルと震えていた。

「あぁ……死ぬかと思たわ」

「腹筋が痛いよ、文雄くん」

涙の浮かんだ目尻を指で擦りながら、二人がどうにか落ち着きを取り戻す。

（……そこまで酷い恰好かなぁ？）

あえてダサくしている僕とは対象的に、島さんと真咲ちゃんの二人は、黒沢さんコーディネートのお洒落な服装。

「二人は……うん、良く似合ってると思うよ」

島さんは、今年流行りのダボっとしたパンツにオープンショルダーのトップス。ミントグリーンのボトムに、くすんだオレンジのトップスというカラーコーディネートが技ありという感じで、凄くおしゃれに見える。

一方、真咲ちゃんは清楚な夏のお嬢さんという雰囲気のコーディネイト。白地に淡い黄色の花柄ワンピースに、同じ柄のサンダル。そして麦わら帽子が良く似合っていた。

「なんか、照れるわ、こんなおしゃれ上級者っぽいの、似合わんやろ」

「そんなこと無いって。夏美ちゃん、身長高いから、そういうのすごく似合うよー」

「そ、そうかな」

照れ照れと頭を掻く島さんが、ちょっと可愛い。

「じゃあ……行こうか」

「はーい」

「よっしゃ！」

二人に声を掛けて、僕は『再訪《リヴィジット》』を発動させ、六本木のファーストビューティオフィスの自社ビル。その裏手の路地に扉を繋ぐ。

遂にデスゲーム開幕の日がやってきた。

段取りとしてはこうだ。

まず僕と黒沢さん、島さん、真咲ちゃんの四人で、ファーストビューティオフィスの事務所を訪れる。向こうは恐らく、倉島社長とマネージャーの山内清香の二人が出てくることだろう。島さんと真咲ちゃんは、僕がマネージャーとして担当しているモデルという役どころ。僕は、MISUZUと一緒にこの二人も移籍させたいと社長にお願いする。契約書に署名をしようという段階で、突然全員が意識を失う。そして、気が付けばデスゲームフィールドで円卓を囲んでいるのだ。

残り二人のターゲット——美月あきらと氷上霧人は、フリージアさんとトーチャーが、それぞれに拉致してくることになっている。

そして、デスゲームの参加者それぞれに与えられる個室、その扉に書かれている名前は以下の十一名分。文島雉男、MISUZU、NATSUMI、MASAKEY、倉島斎《くらしまいつき》、山内清香、美月あきら、氷上霧人、寺島涼子、金谷千尋、狂子。

黒沢さんの所属しているモデーロ企画のモデルたちは、社長の趣味で芸名はアルファベット表記なのだそうで、取り急ぎ島さんと真咲ちゃんもその形に合わせてある。

そして狂子というのは、響子である。

ガールズバンドでステージに立つ時の名前らしいのだけれども、恐ろしくダサい。昭和か。

というわけで、今回彼女は甘ロリではなく、本来のロッカースタイルでの参加である。

当初、『意味深な発言ばかりする前回の生き残り役』として白鳥さんをキャスティングしていたのだけれど、残念ながら彼女には思いっきり断られてしまった。

説得を試みはしたが、忙しいの一点張り。僕が彼女に口で勝てるわけもなく、最後にはぐうの音も出ないほどにねじ伏せられてしまったのである。

リリは、今さらシナリオの書き換えは面倒だというし、困った挙げ句、響子をベッドに呼んだ際に「どう？」と聞いてみたら、「オレ、デスゲームとかそういうのめっちゃ好き！　やりたい！」と身を乗り出してきたので、晴れて白鳥さんの代役としてキャスティングされることとなった。

なんというか、響子の雑な人間性を思えば、多少不安はあるのだけれど……。

僕らが扉から出ると、そこには既に黒沢さんが待ち受けていた。

午前中に撮影があったので、彼女は先に東京に来ていたのだ。

「MISUZU先輩、おつかれさまでーす！　新人モデルのNATSUMIでーすっ！」

「MASAKEYだよぉ！　せんぱーい！」

「ちょ、ちょっと！　やめてよ、もう！　二人とも！」

黒沢さんが抗議の声を上げる。

実は黒沢さん、人のことは結構イジってくるくせに、自分がイジられるのは非常に苦手なのだ。

もちろん、真咲ちゃんは知っててやっている。

僕ら四人は挨拶もそこそこに、表へ回ってファースト・ビューティ・オフィスの事務所を訪れた。

エントランスに足を踏み入れると、事前に話が通っているのだろう。こちらが口を開く前に、受付嬢がニコリと微笑んで、「エレベータで四階へどうぞ」と告げる。

そして、四階に辿り着くと、前回同様マネージャーの山内清香が待ち受けていた。

「お待ちしておりました」

そう口にしながら、彼女は島さんと真咲ちゃんを目にして、怪訝そうに目を細める。

「文島さん、そちらは？」

「は、はい、わ、私の担当しているモデルでございまして……」

そう告げると、彼女は「はあ」とやはり怪訝そうな顔のままに頷いて、そのまま応接室へと案内してくれた。

応接室から出ていく山内清香の足音が聞こえなくなると、僕らは慌ただしく廊下へ出て、応接室の扉の上に重ねて『扉』を貼り付ける。

扉の向こうには、先ほど入った応接室にそっくりの部屋を構築済み。僕らは、その偽応接室の中で社長の訪れを待ち受けた。

しばらくすると、「待たせたな！」と、乱暴に扉を開いて、倉島社長と山内清香が入ってくる。

相変わらず、押しの強そうなおっさんである。

彼は、島さんと真咲ちゃんの方に目を向けると、ギロリと僕を見据えた。

（……いちいち威嚇すんなよな、ほんと）

「その子たちは、なんだね？」

「は、はい、ＭＩＳＵＺＵさんと私の移籍にあたって、担当しているモデルの中で、有望な子たちを一緒に引き抜いていただけたらと思いまして……」

途端に、倉島社長は渋い顔になった。

「いや……キミ、そうは言うが、業界の仁義というものがだね……」

今さら仁義とか笑わせる。そう思いながら、僕は媚びるような表情を浮かべた。

「そこをなんとか！」

「しかしだね……。そっちの小さい子はマニア向きの需要がありそうだが……そっちの子は……どうだろうな」

「マニア向き……」

真咲ちゃんの笑顔がピキッと引き攣って、島さんが大袈裟に声を上げる。

「おっちゃん！　おっちゃん！　ウチ、バラエティ向けやと思えへんか！　がんばるさかい、なんとか頼むわ」

「おっちゃん……」

倉島社長の顔が不愉快げに歪むのを目にして、黒沢さんが口を挟む。

「社長、どうかお願いします。この子たち、私にとっても可愛い後輩たちなんです。私の契約条件として、この二人との契約も含んでください」

すると、倉島社長は山内さんと顔を見合わせて、大きく溜め息を吐いた。

「ＭＩＳＵＺＵくんに……そう言われてしまったら、仕方がないな」

「ありがとうございます！」

「では、山内くん契約書を」

倉島社長がそう告げると、山内さんは黒沢さんの前に中綴じの契約書を二部差し出してくる。

「こちらが契約書となります。一部は弊社、もう一部はお控えとなりますので、両方にご署名ご捺印、割り印も忘れずにお願いいたします」

「うむ、ではMISUZUくん。署名と捺印をしてくれたまえ」

「え……今、ここでですか?」

「ああ、そうだ。それはドラフトではなく正式なものだ。ウチとしてはそれ以上の条件は出しようがないからな。ここで決めて契約してもらいたい」

どうやら、ほかの人間に相談させる気はないらしい。

視線を向けてくる黒沢さんに、僕が小さく頷いて見せる。

そして、彼女が契約書を手に取ろうとしたその瞬間――

「MISUZUちゃん! ダメっ! サインなんかしちゃダメっ!」

――勢いよく扉が開いて、大声を上げながら部屋の中へと飛び込んでくる女性の姿があった。

皆の視線が、一斉にその人物へと集まる。

外はねミディアムショートの髪に、鼻先にそばかすの散った丸顔。

オレンジ色のガーリーなワンピースを着たその女性は、森田出版の編集部員、砧保子。

ぽんぽこさんだった。

彼女は、ほんわかした丸顔に似つかわしくない必死の形相を浮かべて、黒沢さんの手から契約書をひったくると、まるで親の仇ででもあるかのように、ぐしゃぐしゃと丸め込む。

「砧っ! 貴様! 何のマネだ!」

社長が怒鳴り声を上げながらギロリと睨みつけると、彼女は一瞬怯んだような顔をした。

だが次の瞬間には、必死に目を見開いて声を上げる。

「MISUZUちゃんから今日、契約するって聞いて、居ても立ってもいられなくなって来たんです！　わ、私、知ってるんですから！　社長が目障りなモデルを、もう何人も契約で縛って潰してるのを！」

倉島社長はギリッと奥歯を鳴らすと、山内さんを振り返って声を上げた。

「守衛は何をしていたんだ！　おい！　山内くん、警察を呼びたまえ！　このバカを今すぐ摘まみだせ！」

「いいわよ、警察でもなんでも呼びなさいよ！　私がモデルの子たちに聞いたこと！　洗いざらいぶちまけてやるんだから！」

睨みあう倉島社長とぽんぽこさんの向こう側で、山内さんが何度もスマホをタップしている。

電話は繋がらない。繋がるわけがない。この『部屋』の中では。

僕は、黒沢さんにそっと耳打ちする。

「喋ったの？」

「ごめん……お昼一緒に行こうって誘われて断るのにね……まさかこんなことになるなんて」

ヒソヒソとそう囁き合うと、耳元でリリの声が聞こえた。

「これ以上、誰かが来たら面倒デビ、始めるデビよ」

「わかった」

僕は小さく頷くと、『夢遊病《スリープウオーカー》』を発動する。

途端に、僕を除くみんなの顔を紫色の煙のようなものが覆い、黒沢さん、島さん、真咲ちゃん。座っているものは項垂れるように、立っていた山内さんと倉島社長、ぽんぽこさんはその場に座り込むように、一斉に崩れ落ちた。

もはや、この場で起きているのは僕だけだ。

「えーと……ねぇ、リリ。どうしよう？　ぽんぽこさん」

僕がそう問いかけると、宙空にリリが姿を現す。

「ぽんぽこというのは、あの狸顔デビな？　まあ仕方がないデビ。飛び入り参加ということでいいデビよ。幸い、涼子の分の部屋が余るデビ。部屋数は足りるデビよ」

「……そのまま帰して騒ぎ立てられるよりは、確かにマシかな。でもぽんぽこさん、善い人みたいだから、あんまり酷いことにはならないようにしてあげて欲しいんだけど……」

「善処はするデビ。じゃ、命令してデスゲームフィールドまで、全員を移動させるデビよ」

「うん」

僕はデスゲームフィールドに繋がる扉を呼び出すと、この場で寝ている全員に移動するように指示を出す。

そして彼らは、まるで夢遊病患者のように、眠ったままゆっくりと歩き出した。

✖マスコット登場！

「みんな、準備は良いデビか？」

「ああ……大丈夫。たぶん」

リリの問いかけに、僕は小さく頷いた。

真っ白な広い部屋。正面の壁には大きなモニターが設置されていて、その他三面の壁には、ずらりと扉が並んでいる。その数、十二。丁度、僕の背後にある扉の一つだけが赤色で、それが異常なほどに目立っていた。

あらためて、僕はぐるりと円卓を囲んでいる人物を見回す。

僕から時計周りに黒沢さん、美月あきら、倉島社長、山内清香、氷上霧人、涼子、ぽんぽこさん、島さん、響子、金谷さん、真咲ちゃんの順番。

美月あきら、倉島社長、山内清香、氷上霧人、ぽんぽこさんは未だに眠ったまま。リリに魂をピン止めされているのだ。

財布やスマホ、腕時計。彼らの身に着けていた物は、全て没収済みである。

それというのも時間を偽るため。今は夜の九時だけれど、彼らに時間を誤解してもらうために、朝の九時だと告げることになっている。

他のみんなに目を向けると、黒沢さんは胸に手を当てて、深呼吸を繰り返している。

真咲ちゃんは、どことなくワクワクしてるという雰囲気。

島さんは、しきりに掌《てのひら》に人の字を書いて呑み込んでいる。

響子は円卓の上に足を投げ出して、頭の後ろで手を組み、ギシギシと椅子を鳴らしていた。

最後に金谷さんは、氷上霧人の方をじっと睨みつけている。

「で、ぽんぽこさんはどうすんの？」

僕がそう尋ねると、リリはこともなげにこう言った。

「とりあえずは気にしなくていいデビ。人数が多いうちは狸一匹がどう動こうと、何にも影響はないデビ。少なくなってきたら都度調整していくデビ」

そして、彼女はみんなの方を向いて声を張り上げる。

「ピンを抜いたらスタートデビ。以降はマスコットキャラが進行するデビが、イレギュラーな出来事が発生した場合には、割り当てられたキャラになりきって、適切な行動や反応を心掛けて欲しいデビ」

「うん、がんばるよ」

「せやな」

「まかせろ」

真咲ちゃんと島さんが頷きあう。

そう言って親指を立てる響子に、リリがジトリとした目を向けた。

「オマエが、一番不安なんデビよ」

「大丈夫だって。なんだよ、信用ねぇなぁ」

「ねぇ、ねぇ。ところでマスコットってどんなの？　可愛いのがいいと思うんだけど。猫とか兎とか」

黒沢さんが身を乗り出すようにそう言うと、リリはにんまりと笑みを浮かべる。

「とびっきり可愛いマスコットキャラを用意してあるデビ。可愛くて、ちょっと猟奇的な奴を」

僕としては、正直不安でならない。リリのセンスは独特過ぎるのだ。

まあ、悪魔的といえば、悪魔的なのかもしれないけれど。

「じゃあ、始めるデビ。とりあえず、みんな寝たフリをするデビ。目覚めるところからスタートデビ」

×××

「うっ……ううん……」

クジラの夢を見た。

水底から地上へと急浮上していく雄大な姿。その後を追って私——砧保子は、水面へと浮上していく。次第に覚醒していく意識。

(朝か……仕事やだな)

頭の片隅でそんなことを考えながら、私は瞼を擦る。

だが、重い瞼をゆっくり開くと、そこは見覚えのない場所だった。

(あ、あれ？　どこだろ？　ここ？　いつ、寝ちゃったんだろ？)

ぼんやりした頭で、寝付く前のことを思い起こそうとするのだけれど、大洋を漂う小舟のように、思考がどこの岸にも辿り着いてくれない。

「ぽんぽこさん！　ぽんぽこさん！　大丈夫？」

声を掛けられて顔を上げると、だだっ広いテーブルを挟んだ向こう側に、心配そうな顔でこっちを見ているＭＩＳＵＺＵちゃんの姿が目に入った。

私は、ぼんやりと左右に目を向ける。

丸いテーブルを囲むいくつかの顔、知っている顔もあれば知らない顔もある。

私が目を覚ましたのと同じぐらいのタイミングで、みんな目を覚ましたらしく、一様にぼんやりした顔をしていた。

私の右隣には、クセのあるショートカット、黒いスーツ姿の女性が腰を下ろしている。見覚えはない。

一方、左隣には、なんとなく見覚えのあるくすんだオレンジのトップスを着た、これまたショートカットの女の子の姿。

(どこで見たんだろ、この子?)

そう考えた途端、ファーストビューティオフィスの応接室で、倉島社長と睨みあっていた時の光景がフラッシュバックした。

(あの時、応接室にいた子だ!)

思い出そうとしても、あの応接室を最後に記憶が途切れている。

あらためてテーブルを囲んでいる人間を見回してみれば、あの時、応接室にいた人間が全員揃っていた。

倉島社長、マネージャーの山内さん、MISUZUちゃんに文島さん、あと二人の新人モデルらしき女の子だ。

他に顔を知っている人間は、美月あきらちゃんと氷上霧人くん。

それに——金谷千尋さん。

彼女とは直接の面識はないが随分以前、何度か撮影のオファーを出したことがある。

当時はウチの編集長一押しのモデルさんで、ファーストビューティオフィス所属だったはずだが、オファーは断られ続け、いつの間にかメディアで彼女の姿を見かけることはなくなった。

何が起こっているのかわからないのは、どうやら私だけではないらしい。みんな一様に戸惑うような顔をして、左右を見回している。

ただ一人、髪を真っ赤に染め、丈の短い革ジャンを纏った、時代遅れのハードロッカーみたいな女の人だけが口元を緩めてニヤニヤしていた。

「なんだ！　これは！　誰の悪戯だ、これは！」

突然、倉島社長がドンとテーブルに拳を落として、大声を上げる。

「なんで、金谷がいる！　いったい何を企んでいるんだ！」

彼は頬を引き攣らせながら金谷さんに指を突きつけ、金谷さんはジトっとした目で、無言のままに社長を見据えた。

「うるせぇぞ、おっさん。そんなビビんなって」

赤い髪のハードロッカーが面倒臭げにそう言って、組んだ足をテーブルの上に載せ、ギシギシと椅子を揺らし始める。

「なんだ、おまえ！　その態度は！」

「あー、うるせぇ、うるせぇ。大人しく座ってろって、死にたくねぇだろ、アンタも」

(死にたくないだろって……)

彼女の不穏な物言いに、みんなそれぞれ、不安げに顔を見合わせる。

社長が更に怒鳴り声を上げかけたその瞬間、ザザッとノイズが走って、壁に設置されている大きなモニターに、パッと映像が映し出された。

真ん中に黒い丸。周りは白。

何の模様だろうと息を呑んで見守っていると、カメラがゆっくりとズームアウトしていく。

次第にそれが目、真ん丸な目であることがわかってくる。そして、その目の持ち主の全身が映し出されると、誰かが呆然と呟いた。

「……鮭《しゃけ》？」

それは鮭。それはもう立派な鮭だった。

デフォルメされたキャラとかではない。ガチの鮭である。

『おはようジャケ。アラマキさんが朝九時をお知らせするジャケの！』

幼げな女の子の声に合わせて、鮭の口がパクパクと動いた。

途端に、みんなの頭の上にクエスチョンマークが浮かびあがる。

一言でいえば、『なんだこれ？』である。

『アラマキさんは、このゲームの進行を務めるマスコットのアラマキさんジャケ！　よろしく頼むジャケの！』

皆、どうしていいかわからないというような表情で、呆然とモニターを眺めている。

その中で文島さんは、なぜか頭痛を堪《こら》えるような顔をして、頭を抱えていた。

「マスコットて……絵面《えづら》地味過ぎるやろ、それ」

私の左隣のショートカットさんが、呆れ気味にツッコむ。

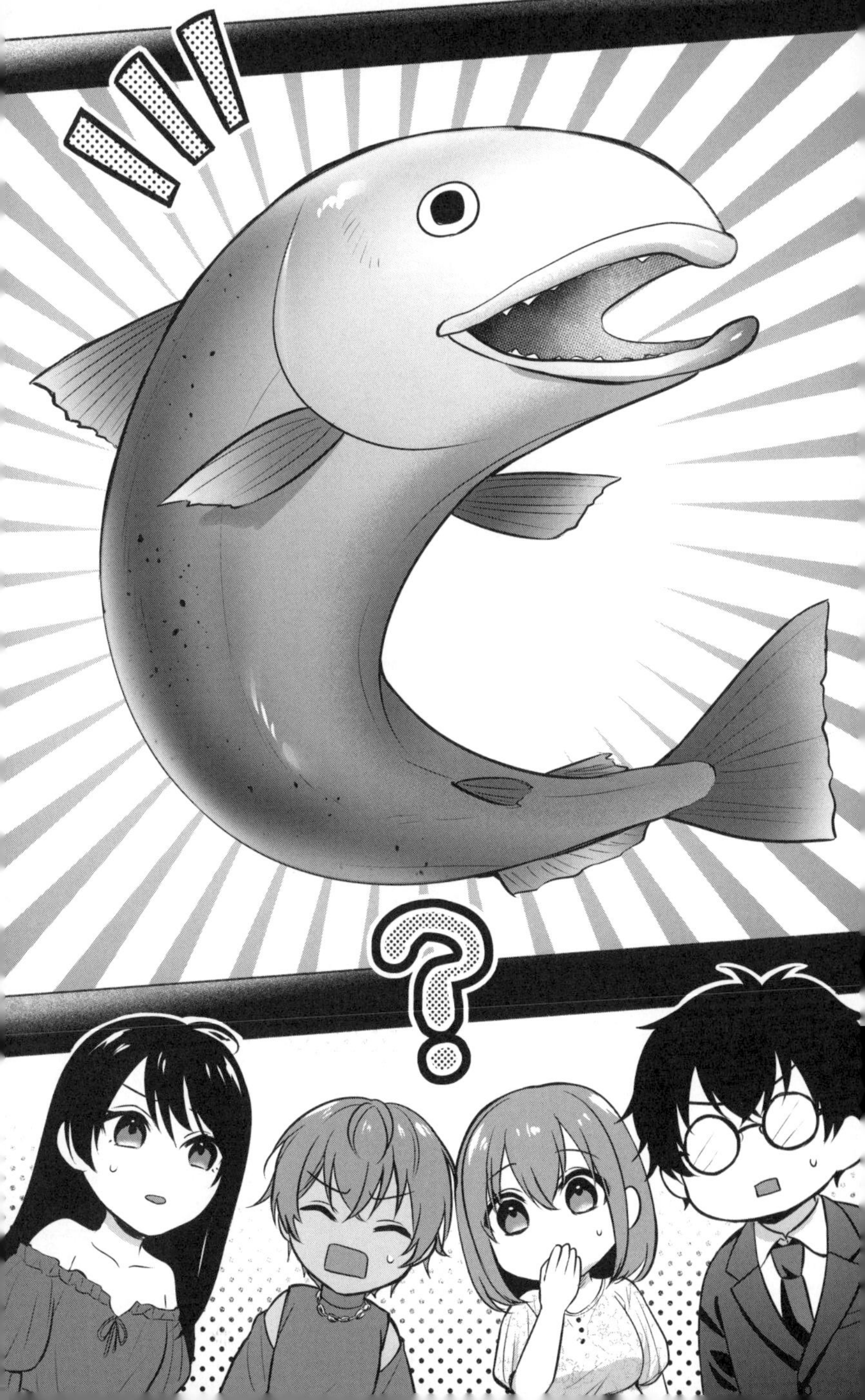

関西弁で喋っている辺り、彼女は多分ツッコまずにはいられなかったのだと思う。

関西圏の人たちは、ボケたらツッコむを礼儀だと思っているからだ。

『失礼な小娘ジャケ。アラマキさんは、可愛くて猟奇的なマスコットジャケの！』

画面の中で、アラマキさんの目がアップになる。

「いちいちアップになんな！　いや、猟奇的いうたら猟奇的やけども！」

猟奇的というか……魚類の目って何考えてるかわからない感じが怖い。

『ふん、失礼な小娘のせいで脱線したジャケ。とりあえず本題に戻るジャケの！』

そう言って再びズームアウト。全身を映し出す自称アラマキさん。

そして彼女（?）は、あらためてこう言った。

『お前たちには、殺し合いをしてもらうジャケ』

その瞬間、その場の気温が下がったような気がした。

まさかとは思うけれど、こういう展開はマンガや小説で見たことがある
「デ……デスゲームってこと？」

MISUZUちゃんが声を震わせると、画面の中でアラマキさんが器用に頷いた。

『そうジャケ……と言っても、直接殺し合うという意味じゃないジャケ。誰を殺すかをみんなで決めてもらうジャケ。殺すのはコッチでやるジャケな』

「き、決めるって、どういうこと……？」

今度は、童顔な割にやたら胸の大きな女の子が問いかける。

あの時、応接室にいたもう一人の子だ。

『今は朝の九時を回ったところジャケ。お前たちは夜の九時までに殺す人間を決めて投票するジャケ。夜の九時になったら開票。得票数の一番多かった人間を、こちらで始末するジャケ』

「つ、つ、つ、つまり、この中の誰かが死ぬってことですか？」

怯え切った表情の文島さんが、声を震わせる。

『違うジャケ』

アラマキさんのその回答に、文島さんがホッと吐息を漏らした。

だが——

『最後に残る二人以外は、みんな死ぬということジャケ』

「「ひっ!?」」

アラマキさんが再びアップになって、ＭＩＳＵＺＵちゃんとさっきの童顔巨乳ッ子が、怯えるように頬を引き攣らせた。

それにしても鮭のアップは、圧がすごい。

『投票は毎日。最後の二人になるまで続けられるジャケの！　最後の二人は無事解放。お土産として、アラマキさん自家製のイクラもつけるジャケよ』

「馬鹿げとる！　何を企んでいる、金か！　恨みか！」

「いい加減にして！　やってられないわよ！」

倉島社長が声を荒げ、あきらちゃんがヒステリックな声を上げると、更に続いて私の隣に座っていたスーツ姿の女の人が、椅子を蹴って立ち上がった。

「下らん茶番だ。何のつもりかは知らんが、自首しろ！　今なら、まだ大した罪にはならん」

『ほう？　寺島刑事は、ゲームに参加してくれないんジャケ？』

再びズームアウト、アラマキさんの全身がモニターに映し出される。

どうやら、この女の人は刑事さんらしい。私は正直ホッとした。救いの神を見つけたような、そんな気さえした。

「するわけがないだろ。この寿司ネタが！　出口は、どうせあの赤い扉なのだろう？」

そう言うなり、彼女が赤い扉の方へつかつかと歩き始めると、画面の中でアラマキさんが溜め息を吐いた。

いや、そう見えた。

その瞬間――

「え？」

唐突に、女刑事さんの姿が消える。

いや、私の目には、彼女の姿が突然掻き消えたように見えた。

慌てて目を向けると、彼女が立っていた場所、その床が大きく開いている。

(落ちた!?)

それに気付いたのとほぼ同時に「ぎゃあああああああっ！」と、床の穴の中から女刑事さんの耳を覆いたくなるような悲鳴が響き渡った。

「「ひっ!?」」

「「なっ⁉」」

みんなが慌てて穴の傍へと駆け寄り、下を覗き込んで、声を喉の奥に詰まらせる。

穴の中には、底から突き出した直径十センチほどもある太い鉄杭。女刑事さんはそれに、百舌鳥のはやにえみたいにお腹を貫かれて、ピクンピクンと震えていた。

「うあああああっ⁉」

「ひぃいいいいいいいいいい！」

フィクションでしか見たことのないような惨劇に誰もが仰け反り、腰が抜けたかのように尻餅をついて後《あと》退《ずさ》る。

そして、床板がパタンと音を立てて閉じ、重苦しい静寂が舞い降りた。

『バカジャケなぁ……。たまにいるジャケよ、こういう勘違い女が。参加者が減るのは残念ジャケ、仕方ないジャケの』

アラマキさんが呆れ混じりに吐き捨てると、氷上くんが「マジかよ……」と、呆気に取られたような口調で、そう呟いた。

みんなに目を向ければ、みんながみんな怯え切った顔をしている。多分、私もそうだ。

とりわけ、倉島社長とあきらちゃん、氷上くんは顔を真っ青にしていた。

だが、そんな重苦しい空気の中で誰かが、「ははっ……」と笑い声を漏らす。

笑い声の聞こえた方へ目を向けると、そこにはテーブルの上に足を投げ出したままの革ジャン姿のロッカーが、薄笑いを浮かべて椅子を鳴らしていた。

「そんなビビんなよ。どうせ、これから毎日のように人が死ぬところを見ることになんだからよ」

「お、お前もグルか！」

社長が声を荒げると、彼女は不愉快げに頬を歪ませる。

「ちげぇよ、おっさん。オレはただの経験者。このデスゲームの前回の生き残り。まさかまた巻き込まれるたぁね。ついてねぇな……オレも」

社長が尚も声を荒げかけると、アラマキさんが口を挟んできた。

『あーもしもし、説明を続けて良いジャケか？　ちゃんと聞いておかないと、うっかり死んでもしらないジャケよ？』

そう言われてしまうと、社長も大人しくせざるを得ない。みんなは、戸惑いながら顔を見合わせて、再び椅子へと腰を下ろす。

もちろん、私もだ。もはや逆らおうという気力もない。

これが、本当にガチのデスゲームであることは、もはや疑いようもないのだから。

そしてアラマキさんは、咳払いを一つして説明を再開した。

『コホン、あー……得票数が一番多かった人間を始末するとは言ったジャケが、決してノーチャンスではないジャケ。こちらが課すミッションをクリアすれば、投票結果を無かったことに出来るジャケ』

「ミッション？」

『ミッションの内容は毎回、開票時に発表するジャケ。それをクリアすれば、その場での死を回避できるんジャケ』

「……でも結局、最後まで生き残るのは、二人だけなのよね？」

金谷さんがそう問いかけると、アラマキさんが『そうジャケ』と頷いた。

『じゃあ、みんな夜の九時まで寛《くつろ》ぎながら誰に投票するか考えるジャケ。周りにある扉は、それぞれみんなのお部屋ジャケ。扉に名前を書いてあるジャケ、その部屋を自由に使っていいジャケよ』

そしてそのまま一瞬画面が暗転しかけたところで、思い出したようにアラマキさんが再びアップになる。

『あ、そうそう、忘れてたジャケ。その他詳細なルールについては、各部屋に用意してある「デスゲームのしおり」。それをよーく読み込んでおくと良いジャケ。うっかりで死なれたら、こっちとしてもつまらないジャケの』

すると、倉島社長が呻くように声を漏らした。

「貴様……ふざけおって、一体何者だ！」

『ふふふ、アラマキさんは只のアルバイトジャケ。時給は八百七十円。一人死ぬごとに十円ずつ時給がアップするジャケ。だから、みんな張りきって死んでほしいジャケの』

「金か！　金なら私が出す！　いくら欲しい、言ってみろ！」

『ん……それは無理ジャケ。ここで降りたらアラマキさん自身が殺されちゃうジャケ。なにせこの十一人の中に、アラマキさんの雇い主が混じってるジャケの！』

アラマキさんはそう言うと、やけに手の込んだエフェクトとともに消えていった。

なんとも重苦しい雰囲気が立ち込める。

モニターからアラマキさんの姿が消えた後も、しばらくは誰も口を開こうとはしなかった。

アラマキさんの雇い主。すなわちこのデスゲームの首謀者が、この十一人の中にいるというのだ。心穏やかでいられるわけがない。

どうして良いかわからず、私は上目遣いに周りを観察した。

怪しいと疑いだせば、誰も彼もが怪しい。そんな何とも言い難い空気の中、最初に動き出したのは氷上くん、彼は席を立って社長の傍へと歩み寄る。

続いて、あきらちゃんと山内さんも立ち上がり、四人でヒソヒソと立ち話を始めた。

一方、MISUZUちゃんの傍にも、新人モデルらしき二人と文島さんが集まり始める。

社長グループとMISUZUちゃんグループとでもいうべきか……。

このデスゲームが多数決によるものだとすれば、この二組の投票先が、ゲームの趨勢を決めることは間違いないだろう。

(でも、生き残れるのは二人だけ……なんだよね)

四人で協力して他の人を蹴落としていったとしても、どこかで決別することになるはずだ。

例えば、社長が生き残るのであれば、もう一人は誰になるのか。

社長が、あきらちゃんのことを溺愛しているのは明らかだけれど、山内さんが社長の愛人なのもまた有名な話。選ぶとすれば、いったいどちらを選ぶのだろう?

一方、氷上くんもそのまま切り捨てられるのを良しとするとは思えない。

社長グループとMISUZUちゃんグループが潰し合うのなら、その勝敗の鍵を握るのは残りの人間になるはずだ。

私、金谷さん、ハードロッカー。

ハードロッカーと金谷さんの方に目を向けると、二人は先ほどからほとんど動いていない。

ハードロッカーはテーブルの上に足を乗せたまま天井を見上げていて、金谷さんは冷めた目で氷上くんの方を眺めている。

私もそれなりにデスゲームものの映画や漫画、小説には触れてきているし、予備知識がゼロというわけでもない。どうにかうまく立ち回って生き残りたいところだ。

この中で手を組む相手、一緒に生き残る相手を選ぶなら、やはりMISUZUちゃんだろう。

そもそも私は、MISUZUちゃんを守ろうとファーストビューティオフィスの事務所に乗り込んで、このデスゲームに巻き込まれてしまったわけだし。

だけど、早い段階からMISUZUちゃんのグループに合流するのは危険だと思う。

社長グループの標的にされかねないわけだし……。

(まずはハードロッカーに話を聞くべきだよね……経験者なんだし。でも、あの人なんか怖いしなぁ……でも……うん)

私が、意を決してハードロッカーに話を聞こうと立ち上がったのとほぼ同時に、MISUZUちゃんの声が聞こえて来た。

「文島ァ、とりま、アンタが死んで」

「そ、そんなぁ……MISUZUさん、じょ、冗談ですよね」

慌てて詰め寄ろうとする文島さんの足を蹴りつけて、MISUZUちゃんは冷たく言い放つ。

「近寄らないでよ。キモいのよ。アンタなんかが、このアタシの役に立てるんだから、喜んで死ねってーの。バカじゃないの」

そして、彼女は新人モデルらしき二人に、高圧的に言い放った。

「二人とも、とりあえず文島に票をいれるの、わかった！」

「せやかて……MISUZU姐さん」

「なに？　NATSUMI、アンタ、いつからアタシに意見できるような身分になったの？」

MISUZUちゃんにギロリと睨みつけられて、ショートカットの子は押し黙る。

「いい？　この中で一番生きている価値があるのはア・タ・シ。これからスターダムに乗って、ビッグになるんだもの。ここで死んだら、世界にとって大きな損失よ？　ちゃんということを聞いてれば、アンタたちのどっちかは生き残れるんだから、いいわねッ！」

正直、唖然とした。まさかMISUZUちゃんが、こんな馬鹿な子だと思っていなかったからだ。

どちらかと言えば、礼儀を弁《わきま》えた良い子だと、そう思っていたのだ。

あんな高圧的な態度でみんなの反感を買って、しかも自分のグループの票を自ら切り捨てるなど、愚か者の極みとしか言いようがない。

「か、勘弁してくださいよぉ。MISUZUさん……ぼ、ぼ、僕も死にたくないですぅ」

文島さんがなりふり構わずその場で土下座をすると、MISUZUちゃんは高笑いしながら、その頭を踏みにじった。

「あはははははっ！　うっさい、ブサイク。アタシのために死ねるんだから喜びなさいよ」

「う、うぅぅ……」

私が呆然とその様子を眺めていると、ハードロッカーのボソリと呟く声が聞こえて来た。

「……最初の一人は決まりだな」

「みたいですね」

応じたのは金谷さん。

社長たちの方に目を向けると、彼らですら、皆一様に眉を顰《ひそ》めている。

MISUZUちゃんに票が集まるのは、もう確実。そうとしか思えなかった。

でもMISUZUちゃんは、そんな空気に全く気付く様子もなく、満面の笑みを浮かべて、声を張り上げる。

「みんな！　とりあえずこの文島に票をいれてね。それで一日目は、生き延びられるわけだし」

「ゆ、許してください……お、お願いしますぅ」

足蹴にされながら、必死に懇願する文島さんもみっともないが、それ以上にMISUZUちゃんの傍若無人さが際立った。

(MISUZUちゃんがあの調子なら、社長グループが断然有利になっちゃう。でも社長が生き残るなら、私が生き延びられる目はなくなるんだよ……ね)

社長が四票を確実に固めてくるとしても、MISUZUちゃんに接近するのはマズい。あの子は泥船みたいなものだ。

(もうしばらくは誰とも組まずに、大人しくしている方が良さそう……)

こういう投票制なら目立たないこと、それが大事なのだ。

「さって、そろそろ部屋に朝食が届いてる頃だな」

私が当面の方針を固めたところで、ハードロッカーが椅子から跳ね起きると、扉の一つへと歩み寄っていく。

「お、ここだ、ここだ」

そして扉の一つを指さすと、彼女はその中へと入っていった。

続いて金谷さんも立ち上がって、扉の一つへと入っていく。

目立たないようにすると決めた以上、この場にいるのは得策とはいえない。

私も自分の名前を探して、順番に扉に書かれた名前を見て回る。

そして……見つけた。

『寺島涼子もしくは砧保子』

そう書かれた扉を。

ゾッとした。恐らく最初から、誰か一人が見せしめとして死ぬことになっていたのだ。

その一人が、私かあの刑事さんのどちらかだった。つまり、そう言うことなのだろう。

思わず、お腹を太い杭で貫かれる自分の姿を想像し、私は震える手でノブを回して、部屋の中へと足を踏み入れる。

扉の向こうは六畳ほどのシンプルな部屋。

壁はやはり白一色で、窓はなく簡易なベッドと机が設置されている。安いビジネスホテルの部屋みたいだ。

内側から鍵を掛けることが出来たのには、ホッとした。

続いて私はベッドの下を覗きこむ。大丈夫、何も怪しいものはない。

ホッと安堵の息を吐いて周りを見回すと、机の上にはホットサンドとサラダにゆで卵。ポットに入ったコーヒーとティーカップが置かれていた。

ハードロッカーが『朝食が届いている頃』、そう言っていたが、これがそうなのだろう。

食べて大丈夫かなとは思ったが……お腹は空いている。ここで毒を入れて殺すメリットはないから、きっと大丈夫。そう自分に言い聞かせて、私はホットサンドに手を伸ばした。

口にしてみれば、ホットサンドはまだ温かく、かなり美味しい。高級ホテルの朝食みたいな、お高い味がした。

ホットサンド片手に机の上を眺めてみれば、いくつか気になる物が置かれている。

投票箱と書かれた、貯金箱みたいな穴の開いた黒い箱。その脇には紙束とボールペン。

恐らく名前を書いて、ここに入れろということなのだろう。

開票は夜の九時。詳細な時間がわからない以上、早めに投票しておく方が良いのかもしれない。

そして、その脇には中綴じの小冊子が置かれている。

今どきわら半紙にガリ版刷り。表紙には『デスゲームのしおり』と書かれていた。

表紙絵は、楽しそうに笑う男の子と女の子のデフォルメされたもの。ただし男の子の首には、首つり縄が掛かっている。

(趣味悪すぎでしょ……)

思わず眉を顰めながら、一ページ目を開くと、『お墓に入るまでがデスゲームです。ルールを守って、みんなで楽しく殺し合いましょう』と、そう書かれていた。

以降は細かいルールらしきものの羅列である。一々覚えていられないが、抵触しそうなものは把握しておく必要があるだろう。

主なものは、以下の通り。

一、投票は確実に行ってください。無効票や複数投票はペナルティとして即死となります。
二、食事は三食、部屋のデスクの上に用意いたします。
三、開票時以外は、各人の部屋に籠もっていてもかまいません。
四、円卓の席は決まっていません。ご自由にお座りください。
五、他人の部屋に入る場合は、その部屋の住人の許しがなければ入ってはいけません。ペナルティとして即死となります。
六、投票する名は、その人間を確実に特定できれば、文字違いやあだ名でも有効票といたします。
七、必要に応じて、互いに殺し合うのも問題ありません。
八、バナナは、おやつに入りません。

とりわけ気を付けないといけないのは、五番だろう。

これはトラップとして使おうとする人が出てきそうな気がする。自分の部屋だと偽って、別の人の部屋に誘導するとか……。

あとは……七番が不穏過ぎる。

八番は、いまさら何言ってんのって感じだ。バナナは、おやつじゃないに決まっている。

これはもう、出来るだけ誰とも接触しないようにするべきなんじゃないだろうか？　とりあえず現時点で、私が本気で死んでも仕方がないと思ってる人間は、この中では一人だけだ。

私はペンを手に取り、『倉島社長』と書いて、投票箱に紙を投げ入れた。

✖デスゲームの舞台裏（一日目）

僕らは『監禁王の寝室』で、ソファーセットを囲んでいた。

僕から時計回りに黒沢さん、島さん、涼子、響子、金谷さん、真咲ちゃん。

御存じの通り、全員デスゲームの参加者である。

実は、デスゲームフィールドの僕らの個室にはそれぞれ、この『監禁王の寝室』に繋がる扉が設置されているのだ。

倉島社長やぽんぽこさんたちに夜を朝と偽っているのも、許可なく他の部屋への入室を禁じているのも、全て僕ら自身が昼間、普段通りの生活をするためだ。

部屋に籠もっているフリをしながら、島さんは部活に通うし、僕はラジオ体操に参加する。もちろん、黒沢さんや真咲ちゃんも普段通りに生活してもらう。

現在は夜の十時過ぎ。

東京で宿泊していることになっている黒沢さんはともかく、真咲ちゃんと島さんは、この後一旦家に帰ることになっていた。

今、この部屋に臨時に設置されているモニターには、各部屋の状況が映し出されている。

デスゲーム・フィールドの円卓には、氷上霧人と山内清香の二人が残っていた。氷上は山内の手をとって、しきりに何か説得しているような雰囲気。

一方、社長の部屋には、美月あきらがいた。

二人は、ベッドと椅子にそれぞれ腰を下ろし、深刻そうな顔で何か話をしている。

ちなみに、ぽんぽこさんは大の字になって寝ていた。意外と肝が据わっている。

「とりあえず、まずはお疲れさま」

僕が口を開くと、みんなそれぞれに「おつかれさまー」と返してくれた。

「とりあえずスタートしたけど、気になることとか、困ったこととかない？　大丈夫？」

「今のところは大丈夫だよ、始まったばっかりだし」

真咲ちゃんが苦笑気味にそう言うと、黒沢さんがしゅんと項垂《うなだ》れる。

「アタシは辛かったよぉ……フミくんに、あんな意地悪なことしなきゃいけないなんて」

「そう？　結構ノリノリだったんじゃない？　僕も久しぶりに頭を踏まれて、ちょっと色々思い出しちゃったよ……もしかして、僕のことをまだ嫌ってたりして……」

「ち、違っ！　そ、そんなことないもん！　ご、ごめんってば！　あーん、もーフミくんの意地悪ぅ！」

ぷぅと頬を膨らませながら、しがみついてくる黒沢さんに僕は「あはは」と笑いかける。

すると、彼女は上目遣いに僕を見つめてきた。

「フミくんが仕返ししたいんなら、今からでも仕返ししてくれていいんだよぉ……ほら、そこにベッドもあるし……」

「美鈴ちゃん、抜け駆けはダメだってば！」

威嚇するように逆側からしがみついてきた真咲ちゃんに、黒沢さんは再びぷぅと頬を膨らませる。

「まあまあ、二人とも。黒沢さんには明日頑張って貰わないといけないし。それに、今日は涼子をねぎらってあげないと……涼子、身体は大丈夫？」

「はい。勿体ないお言葉です」

実際、見ている限り涼子は普段通り。服も新しいものに着替えている。

「痛かったろ？　ごめんね」

「ご心配は無用です。ご主人さまのモノで、貫かれ慣れてますので」

ねぎらったはずなのに、酷い下ネタが返って来た。それも真顔で。

何とも言えない空気が漂う中で、響子が驚愕の表情で、涼子の方を二度見していた。

まあ、本来の涼子は、下ネタを言うようなタイプじゃ無さそうだし。

「ところで……なんやねん、アレ。アラマキさん」

「僕に聞かないでくれる？」

島さんの問いかけに、みんな一斉に微妙な顔をする。

あのセンスは、僕にだって理解できない。謎すぎるのだ。

悪魔的には、アレが可愛いのだろうか？　ある意味、確かに猟奇的ではあったけれど。

「と、とりあえず、アラマキさんのこと以外で、他に何か気になったこととかある？」

僕がそう話題を変えると、金谷さんが髪を耳に掛けながら、口を開いた。

「山内清香が、やたら静かだったのは気になってるわ……狡猾な女よ、あれは」

「様子見なんじゃないかなぁ？　狡猾っていうなら尚更」

「そうね。たぶん計算を巡らせてると思う。現時点では確実に四票を獲れるグループにいるけれど……どのタイミングで裏切るか……たぶん、その辺りじゃないかしら」

そして僕は、あらためてみんなを見回し、口を開く。

「とりあえず最初の投票で、僕らの票は全部黒沢さんに入れる。黒沢さん自身は美月あきらに入れたとして、最低五票は黒沢さんに投票されることになるね。倉島社長グループとぽんぽこさんが別の人に票を集めたとしても同率の五票だし、ぽんぽこさんと社長が組む可能性はかなり低い」

「ま、そうやろな」

島さんが肩を竦める。

「黒沢さんがミッションを受けて、即死回避するところを見せつけてやるのが目的だから……黒沢さんには頑張って貰わないとね」

僕が黒沢さんの方に顔を向けると、彼女は大きく頷いた。

「うん……これでも一応女優志望なわけだし。死んだほうがマシってところを、きっちりみせつけてみせるから」

僕が頭を撫でると、黒沢さんは陽だまりの猫みたいに目を細めた。

「じゃあ、これで一旦解散ってことにするけど……最後に金谷さん、今はどんな気持ち？」

唐突に話を向けられて、金谷さんは困ったような微笑みを浮かべる。

「そうね……やっと復讐が始まった、そう思うと落ち着かない気分ね。約束通り全部が終わったら、私はあなたのモノになるわ。煮るなり焼くなり、好きにしてくれていいから」

すると黒沢さんが、腑に落ちないというような顔をして口を開いた。

「なんだかそれって、交換条件っていうか……フミくんのモノになれるって、ご褒美なんじゃないかなーって思うんだけどぉ」

真咲ちゃんと涼子がうんうんと頷き、島さんは苦笑する。響子は「そんなわけあるか」と、呆れたとでも言いたげな顔をした。

「悪いけど……私にはまだ、彼のどこがいいのかわからないわ。少なくとも今はまだ利用させてもらっているだけだし」

そして、金谷さんは、どこか寂しげに微笑んだ。

×××

昨日は、とうとうレナさんに一票差で勝って、一位をゲットした。

レナさんの常連さんに、乳首をチラ見せして奪い取れたのが大きかったのだと思う。

一位を落としてもいい猶予は二日分をキープ。だが、今日はかなり劣勢だ。ここまでの状況を見る限り、今のところ多分三位。現状の一位はレナさん……ではなく、まーこさんだ。

「まーこっち、今日、マジパネーじゃん。どしたん？」

「うん、タカっち、めっちゃ頑張ってるからさ、あーしもがんばろーと思って」

「へ、へぇ……」

(がんばるなってば！　邪魔すんじゃねー！)

私は胸の内で地団駄を踏みながら、強引に笑顔を浮かべる。

自分でも、頬が引き攣っているのがわかった。正直、焦っている。

今のところまーこ一人で、レナさんと私の分を足したぐらいの票を集めているのだ。

絶好調というか、ノリノリというか……。

「どしたの？　タカちゃん、ムズカシイ顔しちゃって」

私の前には、昨日奪い取ったばかりの元レナさんの常連さんが、ずーっと居座っている。

乳首を見せるまで、帰らないつもりだろうか。

「そんなこと無いってばぁ！　りょーさん来てくれてぇ、はぴはぴ！　うれぴさマジヤバたん」

ちょっと顔を曇らせるお客さんに、私はとびっきりの営業スマイルを浮かべた。

心の中で「とっとと票をいれて帰れ。回転率上んねぇだろうが！」と地団駄を踏みながら。

×××

閉店処理が終わり、皆が帰った後のロッカールーム。

明かり取りの小窓から、わずかに朝日が差し込むだけの薄暗い部屋。

そこで私は、ぎゅっと唇を噛み締めた。

結局、今日の人気投票で、私は四位まで落ちてしまった。

一位は、まーこのクソボケビッチ。全く……余計なやる気出すんじゃねーっての。

私は、苛立ちのままに長机を掌でバンバンと叩く。

追い詰められてしまった。夏休みはまだまだ長いというのに、あと猶予は一日だけ。ここから先、ずっと一位をキープしなければ──全てが終わる。

私と先生の関係が明らかになって、卒業しさえすれば叶ったはずの幸せな家庭の夢は泡となって消える。

先生はクビ。私は退学。真面目な風紀委員から転落し、世間から後ろ指を指されながら、二人は無理やり引き離される。

「どうすれば……いいっていうのよ」

行き詰まっている。息苦しいほどの閉塞感。手を伸ばしても何も掴めないような、そんなもどかしさに胸が締め付けられる。いっそのこと、何もかも捨てて、ここから逃げ出してしまいたい。

今の私なら、どこか知り合いの誰もいない場所で、こんな風にガールズバーで働きながら生きていけるんじゃないかと、そんなことまで考えた。

「戻りが遅いと思えば……何をガチ凹みしていらっしゃるのですか」

背後からそんな声が聞こえて振り返ると、ゴキブリメイドがそこに立っていた。

「……うっさい」

「もう、ギブアップですか？」

「だって、もうどうしようもないじゃない！　まだ三十日近くあるのよ、夏休み！　どう考えてもムリでしょ、こんなの！」

「はあ……」

ゴキブリメイドは、見下げ果てたとでも言いたげな顔で頷く。

「仕方がありませんね。口ほどでもない高田さまに一つ、救済措置をご用意いたしましょう」

「救済措置？」

「ええ、ワタクシは今、メイド長さまから、ご主人さまの性処理を担うビッチ女を雇えと命じられております」

「は？」

「聞こえませんでしたか？　性処理を担うビッチ女でございます。報酬は一射精一万円。ご主人さまは絶倫でございますから、一晩で十万円稼ぐことぐらいはわけもないことでございます」

「ちょ！　ちょっと待って!?　ご主人さまって……き、木島文雄よね。わ、私がアイツのその、セ、セ、セックスの相手をするということ？」

「ええ」

「イ、イヤよ！　そんなの！」

「左様でございますか。ならば、この話は無かったことで……私も用意した性処理ビッチが高田さまだとバレれば、メイド長さまから酷いお仕置きを受けることになりますので、お断りいただいた方が助かります」

「バレればって……見りゃ私だってわかるでしょうが！」

「いいえ、ご主人さまと最後にお話をされた時、部屋の中が真っ暗だったのは御記憶ではありませんか？ご主人さまは、現在の高田さまのお姿をご存じありません。下品なビッチを演じていただければ、まずバレることはないでしょう」

（私だって……わからない？）

そう思った途端、心が激しく揺れ動くのを感じた。

《つづく》

あとがき

この度は拙作、監禁王5をお手に取っていただき、誠にありがとうございます。

毎度おなじみ、マサイでございます。

この第五巻は、ウェブ版で非常に反響の大きかった『デスゲーム編』、その前半部分を収録しております。

第三巻でも同じことを書いたような気がいたしますが、どうしてもエロ的においしいシーンというのは章の後半に固まってしまうもので、この巻では（内容は濃い目ですが）回数は控えめ。その分、ストーリー性が強くなっております。

お陰で書籍化作業は何と言うか……なかなか大変でした。

なにせ、この『デスゲーム編』、複数のストーリーが同時進行する上に、細かい伏線が多すぎて、整合性を確認しながら執筆を進めねばならず、「どんだけ面倒臭いねん、俺！」などと、ウェブ版執筆当時の自分自身を罵りながら、どうにか書き終えた次第でございます。

お楽しみいただければ、とても嬉しいです。

そして、この第五巻では、ウェブ版読者の皆さまお待ちかねの例のマスコットキャラが登場いたしました。

鮭のエロさを世に知らしめ、この作品が一部界隈から『鮭小説』と呼ばれるまでになった元凶。そう、ヤツです。

この巻ではまだ顔見せ程度ですので、ヤツの本番は次巻以降。

もちろん、例によって続刊が出せるかどうかは売れ行き次第ですが、私も新たなサーモンジョークを仕込みながら、続刊できることを祈りたいと思います。

それでは、最後になりましたが、H編集長始め一二三書房の皆さま、例によって例のごとく素晴らしいイラストをご提供くださったぺい先生、この巻の発売に先だって、コミカライズ版第三巻が発売となっておりますが、素晴らしい作品に仕上げてくださるあしもとよいか先生とKADOKAWAの皆さま。

そして、これだけ巻数を重ねても尚、見て見ぬふりをしてくれる家族、友人、これまでの書籍版をお読みいただいた皆さま、ウェブ版をお読みいただいた皆さま、そこで感想や励ましをくださった皆さま。

そして最後に、この監禁王5をお買い上げくださった貴方に、心から御礼申し上げます。

願わくばお読みいただいた皆さまに、この作品が楽しい時間をご提供できることを祈りながら、巻末のご挨拶とさせていただきます。

マサイ

転生貴族の異世界冒険録
～カインのやりすぎギルド日記～
原作：夜州
漫画：香本セトラ
キャラクター原案：藻
レベル１の最強賢者
原作：木塚麻弥
漫画：かん奈
キャラクター原案：水季
我輩は猫魔導師である
原作：猫神信仰研究会
漫画：三國大和
キャラクター原案：ハム

捨てられ騎士の逆転記！
原作：和田 真尚
漫画：絢瀬あとり
キャラクター原案：オウカ
身体を奪われたわたしと、
魔導師のパパ
原作：池中織奈
漫画：みやのより
キャラクター原案：まろ
バートレット英雄譚
原作：上谷岩清
漫画：三國大和
キャラクター原案：桧野ひなこ
コミックポルカ
COMICPOLCA
話題のコミカライズ作品を続々掲載中！
毎週金曜更新
公式サイト
https://www.123hon.com/polca/
Twitter
https://twitter.com/comic_polca
コミックポルカ
検索

唯一無二の最強テイマー
～国の全てのギルドで門前払いされたから、
他国に行ってスローライフします～
原作：赤金武蔵　漫画：田村紘一
キャラクター原案：LLLthika
異世界還りのおっさんは
終末世界で無双する
原作：羽々音色　漫画：ダンタガワ
処刑された聖女は
死霊となって舞い戻る
原作：緒二葉　漫画：蚊
キャラクター原案：みなせなぎ

雷帝と呼ばれた最強冒険者、
魔術学院に入学して
一切の遠慮なく無双する
原作：五月蒼　漫画：こばしがわ
キャラクター原案：マニャ子
モブ高生の俺でも
冒険者になれば
リア充になれますか？
原作：百均　漫画：さぎやまれん
キャラクター原案：hai
魔物を狩るなと言われた
最強ハンター、
料理ギルドに転職する
原作：延野正行　漫画：奥村浅葱
キャラクター原案：だぶ竜
COMIC
NOVA
ノヴァ
https://www.123hon.com/nova/
話題の作品
続々連載開始!!

ハイスクールハックアンドスラッシュ 5
[HIGH!] SCHOOL HACK & SLASH
KENJI RYUTEI
竜庭ケンジ
ILLUST アジシオ
馬、今度は
巨鯨《モディーディック》に挑戦する!
コミカライズ企画も進行中!
©Kenji Ryutei

オルギスノベル
ORGISNOVEL

監禁王⑤

2023年6月23日　初版発行

著　者　　マサイ

発行人　　山崎　篤

編集・制作　　一二三書房　編集部

発行・発売　　株式会社一二三書房
〒101-0003 東京都千代田区一ツ橋2-4-3 光文恒産ビル
03-3265-1881

印刷所　　中央精版印刷株式会社

作品の感想、ファンレターをお待ちしております。

〒101-0003 東京都千代田区一ツ橋2-4-3 光文恒産ビル
株式会社一二三書房

マサイ 先生／ぺい 先生

Printed in Japan
ISBN 978-4-89199-988-9 C0093